T0294379

El laboratorio secreto

Editorial Bambú es un sello
de Editorial Casals, SA

© 2006, Lluís Prats Martínez
© 2006, Enric Roig Tió

© 2006, Editorial Casals, SA
Tel. 902 107 007
editorialbambu.com
bambulector.com

Diseño de la colección: Miquel Puig
Ilustración de la cubierta: Pep Brocal

Séptima edición: agosto de 2021
ISBN: 978-84-8343-014-9
Depósito legal: M-43.534-2011
Printed in Spain
Impreso en Anzos, SL - Fuenlabrada (Madrid)

El laboratorio secreto
Lluís Prats
Enric Roig

bam bú
EDITORIAL

Una conferencia de lo más interesante

Un rayo rasgó el cielo de París y fue a caer sobre el edificio Trouton. Cuando los científicos de Trouton Recherche Scientifique lograran almacenar toda la energía de esos rayos, convertirían su empresa en la mayor del mundo. Pero hasta ese momento sólo habían obtenido resultados muy parciales.

A los pocos segundos estalló el trueno. En ese momento Sevère Flammarion, director de proyectos, salió al vestíbulo enfundado en su impecable traje negro. Avanzó hasta el troscáner, que lo escaneó, radiografió y holografió en 3D. Al identificar sus datos, el ordenador central desactivó la alarma y Flammarion cruzó la puerta del edificio de titanio y cristal. Bajo la lluvia lo esperaba un Mercedes negro de última generación.

Su misión era sencilla, aparentemente insignificante. No tenía nada que ver con los rayos y su energía. «Pero

así suelen empezar las grandes revoluciones científicas»,
le había dicho Charles-Auguste Trouton, el presidente de
la compañía.

Sevère Flammarion entró en la limusina V9, se ajustó
los gemelos de la camisa y ordenó:

—Al Auditorio de Montparnasse, deprisa.

A varias manzanas de allí, en ese auditorio, el profesor
Ragueneau subía al estrado. Tras dejar el paraguas sobre la
mesa, se quitó la gabardina con calma y la dejo doblada en
una silla, miró al público y carraspeó bajo sus mostachos,
blancos como su melena.

—Distinguidos parisinos y hermosas parisinas: les agradezco su presencia aquí, en esta tormentosa noche. No se
arrepentirán de haber venido. Lo que tengo que comuni-
carles..., en fin, supone una revolución para la historia de
la ciencia.

El público no mostró excesivo entusiasmo ante las palabras del anciano profesor.

—Probablemente —continuó sin inmutarse— todos hayan
oído hablar del doctor Laffitte... Quizás les hayan hablado
de sus extraños inventos o quizás ustedes mismos asusten
a sus hijos con la historia de su misteriosa desaparición
en 1889. Sea como sea, siempre hemos considerado que el
doctor Laffitte y su fantástico laboratorio eran una simple
leyenda, un cuento para niños. Pero, pero, pero..., ¿y si todo
lo que se cuenta sobre él fuera cierto?

Nadie respondió a la pregunta.

—Antes de entrar en materia, queridos amigos, lo mejor
será que les ponga en antecedentes, ¡ejem!

Ragueneau se puso unas gafas redondas y anticuadas y empezó a hablar de las exposiciones universales que tuvieron lugar en París a lo largo del siglo XIX. Se refirió de una manera especial a la de 1889, año del centenario de la Revolución Francesa.

—En esa ocasión —dijo con brillo en los ojos— acudieron nada menos que veintiocho millones de visitantes para contemplar los más de sesenta mil expositores...

Mientras una señora de la primera fila se llevaba la mano a la boca para ocultar un formidable bostezo, se abrió la puerta de la sala y entró Sevère Flammarion. Se quedó al fondo de la sala, de pie, con la intención de que el profesor se fijara en él. Pero el anciano estaba demasiado enfrascado en su exposición.

—Recientemente he realizado un descubrimiento... estremecedor, se podría decir. Un descubrimiento que hace que la leyenda... —el profesor se interrumpió para buscar entre sus documentos—. Pero, ¿dónde...? Creí que lo había puesto aquí... Disculpen un momento.

Tras esas palabras, se zambulló en el interior de su maletín. Los ojos de varios asistentes volvieron a clavarse en él.

—¡Ah! Aquí, aquí, ¡aquí! —exclamó, sacando un manojo de papeles de la cartera—. Como les decía, ¡ejem!, recientemente he realizado un descubrimiento que hace que la leyenda cobre ciertos visos de realidad.

Se había pasado todo el día ensayando esa frase y la pronunció con voz profunda y afectada, al tiempo que mostraba unos viejos papeles manuscritos. En el auditorio se hizo el silencio más absoluto.

–Estos papeles antiguos y enmohecidos son, nada más y nada menos, unos fragmentos de los diarios de Honoré, el aprendiz del doctor Laffitte. Por lo que cuenta el muchacho, parece que su relación con el doctor no fue demasiado fluida...

El profesor contempló orgulloso la reacción del público. La señora, que momentos antes había bostezado, se quedó con la boca abierta.

A su lado, un señor de barba se removió incómodo en la butaca. Un estudiante puso en marcha su grabadora y un viejecito puso más volumen a su audífono. Al fondo, monsieur Flammarion se sacudió del hombro una mota de polvo con un gesto elegante.

–Según los testimonios que nos han llegado, en la primavera de 1889 circulaban por París mil rumores acerca del nuevo invento del doctor Laffitte. Quería presentarlo en la Exposición Universal. Al principio nadie sabía de qué se trataba, puesto que el ingenio de Laffitte no conocía límites. Pero, como por arte de magia, todo el mundo empezó a hablar de una supuesta machine de la fraternité, que debía servir para instaurar la paz y la fraternidad entre todos los hombres y todas las naciones. Pero, en fin, en fin, ¡en fin! Lo mejor será que les lea algunos párrafos de los diarios de Honoré...

El profesor se ajustó las gafas, carraspeó ruidosamente y comenzó a leer:

«17 de enero.

Estoy harto de Laffitte. Es un inventor loco que ingenia máquinas diabólicas. Y, claro, ¿quién las tiene que probar?

El desgraciado Honoré. Pero ya no aguanto más. Había hecho el propósito de no contar nada acerca de sus inventos, porque él me dijo que debían quedar en la más estricta confidencialidad. Y he cumplido mi palabra: nadie sabe nada sobre mis conversaciones con espíritus del más allá, ni acerca de mis vuelos sobre París con máquinas cada vez más pequeñas e inseguras... Sin embargo, lo que ha ocurrido hoy en su infernal laboratorio subterráneo es la gota que colma el vaso. Quería hacerme viajar a través del tiempo, pero su máquina ha fallado. Y, en lugar de mandarme a las Cruzadas, ha conseguido que mi cuerpo se pusiera a dar vueltas y más vueltas, como una peonza. Me he mareado enseguida y he empezado a vomitar. El vómito ha salido disparado en todas direcciones, como el agua de un aspersor. La sala de invenciones ha quedado tan sucia que me ha prohibido volver a entrar en ella. ¡Ojalá cumpla su promesa!»

El profesor se bajó las gafas a la punta de la nariz y observó al público por encima de los pequeños cristales. No se oía ni el zumbido de una mosca.

–El hecho en sí –prosiguió– puede resultar un tanto desagradable, pero es la primera referencia fidedigna al laboratorio secreto de Laffitte: estaba bajo tierra. A continuación, voy a leerles el texto más enigmático que escribió su aprendiz. Corresponde al último día de su diario. Y sospecho –añadió, levantando el índice–, sospecho que lo que nos cuenta está relacionado con la misteriosa desaparición del científico. Recuerden –apostilló– que al día siguiente se inauguraría la Exposición Universal:

31 de marzo.

Hoy ha sucedido algo insólito. El doctor estaba ultimando los preparativos para la presentación de su machine de la fraternité. Como yo tengo prohibido entrar en la sala de invenciones desde el incidente del vómito, estaba en la galería de exposición haciendo la inspección semanal de los inventos. Cuando he oído el sonido de la puerta de la sala, me he escondido detrás del perforateur para espiar al doctor, que ha echado el cerrojo. El túnel ha quedado en silencio, claro, porque la puerta de la sala cierra herméticamente gracias a un sistema de ventosas. Sólo se oía de vez en cuando el sonido apagado de una gota de agua.

Transcurridos unos minutos me he acercado a la ventanita redonda de la puerta. El doctor estaba de espaldas, trabajando en la machine de la fraternité. En ese momento la ha acabado, porque se ha erguido y se ha frotado las manos sonriendo malignamente, como hace siempre que finaliza un invento. Yo me he agachado por si se daba la vuelta. Lo que he visto al levantarme ha sido... ¡No encuentro palabras para describirlo!

El profesor estaba de pie, mirando a través del cristal. Pero no me miraba a mí, veía otra cosa... Su mandíbula inferior se ha desencajado y en su cara ha aparecido una mueca de terror indescriptible. Se le han hinchado las venas de la frente. Ha retrocedido un pasito sin apartar la mirada del frente. Y luego, otro pasito. ¿Qué diablos estaba viendo?

De repente se ha dado la vuelta y ha saltado en todas direcciones, retorciéndose, alzando los brazos, gritando.

Pero yo no he oído nada, nada en absoluto. La puerta deja la sala insonorizada.

No sé cuánto tiempo ha durado aquel infierno, ni qué ha sucedido realmente. Pero estoy seguro de que se trata de algo fantasmagórico. Era como si un montón de espíritus y espectros atormentaran al doctor... ¿Qué otra cosa podría ocasionar aquel frenesí?

El doctor Laffitte se ha sosegado repentinamente. Ha comenzado a respirar de forma entrecortada, pero sin hacer aspavientos, sin dar saltos ni gritos. Se ha erguido y me ha visto. Sé que me ha visto porque se ha puesto frente a la puerta y ha levantado el dedo. Pero, en ese momento, todo el dolor del mundo se ha concentrado en su cara y su cuerpo se ha contorsionado. Le han temblado las piernas y se ha agarrado el pecho con las manos, como si quisiera arrancarse el corazón. Se ha retirado, a su escritorio, y lo he perdido de vista. Entonces, he huido. He desaparecido de aquel maldito infierno y no pienso descender nunca más a él, aunque Laffitte y sus fantasmas vengan a buscarme.»

El profesor dejó el manuscrito sobre la mesa, junto al paraguas, y miró al público. Por primera vez, nadie se había dormido. Todo el mundo tenía los ojos puestos en aquel «documento estremecedor». Era el momento indicado para cerrar su intervención de forma brillante.

–Puede que este diario –sonrió complacido– complique aún más las cosas. Sin embargo, nos aporta datos de gran valor. Me he permitido la licencia de dibujar un plano del laboratorio a partir de los textos... Nada más que una aproximación, por supuesto.

13

El profesor se levantó y cojeó hasta un caballete situado en el estrado. Con un gesto teatral descubrió una gran lámina con el boceto del laboratorio.

–¡Oh! –exclamó el público al unísono.

–Celebro que les agrade... –dijo mientras miraba su plateado reloj de bolsillo–. Se me ocurre una serie de preguntas acerca de este documento. ¿Por qué escribió Honoré un diario? Bueno, quizás éste sea un interrogante sin la menor importancia. La siguiente pregunta podría ser: ¿murió Laffitte aquel día en el laboratorio? Esto es más interesante, ya que, de ser así, podríamos hallar el cadáver de un gran científico al que muchos consideran una simple leyenda. Pero antes deberemos responder a la tercera pregunta, la gran pregunta, la pregunta... –Ragueneau titubeó unos segundos–. Y esa pregunta es: ¿dónde se esconde este fabuloso laboratorio?

El público contenía la respiración. La señora de la primera fila puso los ojos en blanco y el estudiante dio la vuelta a la cinta.

–He dedicado los mejores años de mi vida a este interrogante. Ayer todo el mundo me consideraba un viejo chiflado por creer en esta historia. Hoy sabemos que no me equivoqué, y estoy dispuesto a reanudar la búsqueda del laboratorio de Laffitte, si cabe, con mayor empeño. Muchas gracias a todos por su atención. Buenas noches.

El aplauso se hizo esperar unos segundos, ya que la audiencia se encontraba en estado de shock.

El profesor recogió sus papeles y los guardó en el maletín. La conferencia había acabado más tarde de lo previsto y deseaba partir cuanto antes. Docenas de brazos se alzaron entre el público, pero él hizo caso omiso y salió por la puerta trasera del Auditorio de Montparnasse.

Fuera, seguía lloviendo a cántaros.

–Rayos, rayos, ¡rayos! –se quejó–. He olvidado el paraguas dentro...

Se estaba dando la vuelta para regresar al auditorio cuando una elegante limusina negra se detuvo frente a él. La puerta trasera se abrió automáticamente y apareció Sevère Flammarion que, con esmero, le tendía la mano desde el interior. Sonreía tanto como un consejero de Trouton es capaz de sonreír.

–Suba, por favor, profesor –lo invitó–. Está usted mojándose.

–Se lo agradezco, joven –musitó Ragueneau, escurriéndose hacia el interior.

–Su conferencia me ha parecido brillante –dijo el hombre de traje oscuro y mirada de acero, que se sentaba en el asiento de cuero del vehículo.

–Muy amable...

La puerta se cerró como por arte de magia y el vehículo arrancó suavemente.

–Me presentaré –dijo el hombre del traje oscuro–: soy Sevère Flammarion, director de proyectos de Trouton Recherche Scientifique.

El profesor arqueó una ceja, sorprendido.

–Encantado. Me llamo Ragueneau, Maurice Ragueneau. Jamás hubiera sospechado que mis investigaciones suscitarían el interés de su compañía.

–Veo que conoce nuestra empresa –sonrió Flammarion–. Y aseguraría que está dispuesto a aceptar nuestra colaboración, ¿me equivoco? Por supuesto, sus investigaciones y descubrimientos serán debidamente recompensados.

–Monsieur Flammarion –balbució–, me halaga enormemente que Trouton se haya fijado en mis trabajos. Al fin y al cabo..., yo no soy más que un investigador de...

–¿De pacotilla iba a decir? ¡Oh!, vamos, profesor, no sea tan humilde. Su trabajo es capital para el futuro de la ciencia y de nuestro país, créame. El viejo Trouton se ha dado cuenta y está dispuesto a subvencionar la búsqueda de la que nos ha hablado –Sèvère Flammarion miró al exterior y continuó–. ¿Será tan amable de indicarme su dirección? Por el camino, le contaré con mayor detalle la oferta que nuestra empresa tiene para usted.

–Será un placer, monsieur. Un placer mayor de lo que jamás hubiera imaginado...

–Y... ¿dice usted que Laffitte guardaba todos sus inventos en ese laboratorio secreto? –preguntó Flammarion mirando al profesor de reojo.

–¡Oh, sí, sí, sí! Por eso no nos ha llegado ninguno: guardaba los prototipos. Y dicen que eran muchos. Aunque, personalmente, el que más me interesa es esa máquina de la fraternidad...

–Ya –concedió Flammarion alisándose las cejas. El gemelo dorado brilló bajo la manga de la americana e iluminó por un instante el barrio de Montparnasse.

A lo lejos, otro rayo cayó sobre el edificio Trouton.

La envidia de la clase

Mientras Víctor Robles, agazapado en el vestuario, acababa de atarse los cordones de las zapatillas, hizo un comentario que sabía que iba a causar sensación.

–¿Sabéis qué? Voy a saltarme dos días de clase.

Al erguirse intentó permanecer serio, impasible, pero no había nada que hacer. Una maliciosa sonrisa afloró a sus labios carnosos y sus ojos, oscuros y achinados, se hicieron más pequeños aún. Se pasó la mano por el flequillo que seguía en pie, tieso como un cepillo.

Comentarios como aquél despertaban envidia entre sus compañeros. Por eso aquel miércoles salió a los campos de deporte un poco más hinchado que de costumbre.

Levantó la cabeza y aspiró profundamente el aire fresco de la mañana. Con los ojos cerrados y la ancha nariz apuntando al cielo oyó cómo la noticia se divulgaba a su alrededor.

–¿No os habéis enterado? –decían en un corro.

–¿Qué? ¿Qué pasa?

–Se trata de Víctor.

–¡Va a saltarse dos días de clase!

–¡Vaya morro!

–Pero... ¿cómo? ¿Por la cara?

–Me parece que se va a París con sus padres...

–¡Qué suerte!

–¿Cuándo se va?

–Pues no lo sé, no lo ha dicho... Un momento, que por ahí viene. ¡Eh, Víctor!

–¿Mmm?

–¿Es verdad que te vas a París?

–¡Cuéntanos!

–Pues claro. ¿Ahora te enteras? –Víctor disfrutaba con la envidia de sus compañeros. Al sonreír, un diente roto apareció en primer término.

–¿Y cuándo...?

–¿Cuándo me voy? Pues mañana mismo.

–¡¿Mañana?! ¡¿Te vas a saltar Naturales?!

–Como lo oyes: me voy a saltar la clase de la directora. Y con permiso de mi padre, de mi madre y de quien haga falta.

–Esto es tener suerte...

–Los hay afortunados, Vanessa –concluyó Víctor enarcando las cejas dos o tres veces–. Me salto el jueves y el viernes. Es lo que hay.

Pronto en todos los corros, incluso en los de chicas, se hablaba de lo mismo.

De repente un fuerte pitido interrumpió las conversaciones. En el umbral de la puerta del polideportivo apareció la atlética figura del profesor Crucero.

–¡Vamos! ¡Moveos! ¡¿Se puede saber qué hacéis ahí parados?! ¡Todos a correr! ¡Un, dos! ¡Un, dos!

Crucero era un hombre corpulento y bronceado, ya entrado en años. Se decía que en sus tiempos había sido campeón en lanzamiento de jabalina. Ese miércoles, mientras daban vueltas a la pista, Víctor se fijó en sus compañeros. Sin lugar a dudas, su aventura había despertado la envidia de toda la clase. A su lado, Juanito le hacía preguntas de todo tipo, a las que Víctor respondía con una indiferencia fingida.

Media hora más tarde, el señor Crucero volvió a gritar:

–¡De acuerdo, muchachos! ¡Ya vale por hoy! ¡Podéis dejar de correr y hacer un partidillo!

Alejandro llegó al poco rato con el balón bajo el brazo.

–Oye, Alejandro... –dijo Víctor acercándose a él–. Ya sé que no suele ser mi posición, pero... hoy me siento delantero. Algo me dice que tengo que jugar a la ofensiva.

Alejandro sonrió amistosamente.

–Está bien, Robles. Pero no me falles.

En el terreno de juego las cosas no fueron del todo bien. Víctor estuvo mareando la perdiz dentro del área varias veces, pero jamás llegó a encarar la portería. Los balones pasaban entre sus piernas como agua a través de un colador. En un par de ocasiones chutó el pie de Juanito, el defensa contrario, en lugar de la pelota. Estaba a punto de tirar la toalla y retirarse a la defensa, como de costumbre, cuando Juan Pablo, el argentino, le pasó un balón sin que-rer. Víctor enfiló directo a la portería, pero Juanito le hizo la zancadilla y cayó de bruces en el suelo.

−¡Falta! −chilló desde el suelo−. ¡Ha sido falta!

−A ver si aprendes a jugar al fútbol, Robles −masculló Juanito.

Era su oportunidad de recuperar el prestigio después de un partido desastroso.

−Víctor, ¿estás seguro de que quieres chutar tú? −Alejandro se le había acercado por detrás−. Es casi la hora y perdemos de uno...

−Dame una última oportunidad −respondió Víctor con aplomo−. Hoy me siento delantero.

Alejandro bajó la cabeza.

Los contrarios se situaron formando una barrera entre la portería y el balón.

Víctor tomó carrerilla.

Lo veía: la escuadra derecha. Al portero le sería imposi-ble llegar a ella. Arrancó a correr hacia el balón, plantado en medio del terreno de juego, a tan sólo unos pasos de la portería, y chutó. Quedó rodeado por una nube de polvo impenetrable.

Los defensas saltaron.

El portero se lanzó hacia el poste izquierdo.

El balón no estaba en sus manos.

Tampoco estaba dentro de la portería.

−¿Pero dónde...? −se sorprendió Alejandro.

Al disolverse la nube de polvo, el balón apareció entre las zapatillas de Víctor.

—¡No! —exclamó el capitán sin poder creer lo que veía—. ¿No le has dado?

Víctor sintió un impulso repentino y su entendimiento se iluminó. El portero estaba en el suelo y todo el mundo, descolocado. Era el momento. Levantó la vista como les había enseñado el señor Crucero y vio la escuadra derecha, donde se juntaban el larguero y el poste. La punta de su zapatilla impactó ruidosamente contra el cuero y el balón salió despedido hacia el cielo azul.

La pelota pasó exactamente a diez metros por encima de la portería.

—¡Vaya! —musitó, mordiéndose el labio inferior con el diente roto.

A su espalda, Alejandro resopló enojado.

—¡Oh, vamos! —aventuró Víctor con una sonrisa de circunstancias—. No hay que tomárselo a la tremenda. Al fin y al cabo, todavía nos quedan unos minutos para empatar...

¡Piii! ¡Piii! ¡Piii!

El silbato del señor Crucero resonó por toda la escuela.

Entonces Alejandro estalló:

—¡Podríamos haber empatado! ¡¿No te das cuenta?! ¡Oh, diablos! ¿Sabes qué te digo? ¡Que te largues a París de una vez! ¡Y no vuelvas hasta que sepas chutar el maldito balón!

No muy lejos de los campos de deporte, en el edificio de Secundaria, Maite Robles esperaba a que el señor Cifras saliese del aula de Informática.

Cuando al fin apareció en el umbral, lo asaltó con una sonrisa radiante. Como su hermano, tenía los ojos oscuros, los labios gruesos y la nariz ancha. Pero, en conjunto, sus rasgos le daban una apariencia bastante menos granuja que a Víctor. Sin duda, el tamaño de sus ojos y la longitud de su melena negra tenían algo que ver con todo esto. Pero lo que más la distinguía de Víctor eran los dientes, inmensos y blancos.

–¡Oh, señor Cifras, qué casualidad! Justamente ahora estaba..., me estaba preguntando por dónde andaría usted...

Eugenio Cifras la miró satisfecho. Maite era una de las mejores alumnas de su curso, especialmente en las asignaturas de Informática y Matemáticas.

–¿Y qué quería, señorita Robles?

–Pues verá... ¿Sabe que mañana me voy a París con mis padres?

–Sí, recuerdo que me comentó usted algo acerca de faltar dos días a clase...

–Exactamente. Y..., ¿cómo se lo diría? –Maite titubeó unos instantes. Un mechón de pelo le resbaló hasta la nariz–. Como voy a faltar, he pensado que debería adelantar algunos trabajos...

–La felicito. Es usted muy aplicada y previsora.

–Muchas gracias. Pero lo que en definitiva quiero es la llave del aula de Informática, para trabajar durante el recreo.

La cara de Cifras se endureció por unos momentos. Maite desvió la vista con una ligera mueca de incredulidad.

–¡Ejem! Verá, señorita Robles..., no es que no me fíe de usted, pero tenemos estrictamente prohibido dejar las llaves a los alumnos. Además –añadió bajando la voz y mirando de reojo–, como responsable del aula de Informática, respondo ante la directora...

Cuando Cifras mencionó a la directora, ella supo que su plan había fracasado.

–¿Me sigue usted, señorita Robles?

–Sí, sí, por supuesto –mintió ella, recuperando el contacto visual con Cifras.

–No dudo de su palabra, pero... –Cifras se agachó y, posando sus manos en los hombros de Maite, dijo con voz profunda–: pero debe entender que son órdenes de arriba. De arriba del todo –añadió, arqueando las cejas para dejar claro que se trataba de un encargo personal de la directora.

–¡Oh! No importa, de veras. Ya me las arreglaré. Se me acaba de ocurrir otra solución. Le pediré ayuda a...

Cifras no oyó nada más. Maite había echado a correr por el pasillo. Estaba impaciente por conseguir lo que quería. Sacó su móvil y buscó el número de su hermano. Llamó y esperó unos segundos. Una voz metálica le informó de que ese número se encontraba «apagado o fuera de cobertura en este momento».

Dio un golpe al suelo con el talón y el mechón rebelde volvió a caer sobre su frente.

–¡Será tonto! ¿Para qué quiere un móvil si siempre lo lleva desconectado?

En ese momento la señora Malmaison, la directora, cruzó el pasillo. Maite se escondió en el hueco de una puerta y contuvo la respiración. Se contaban cosas atroces de la directora. Algunos decían que durante las clases de Francés lanzaba conjuros ininteligibles a los alumnos para que se pusieran enfermos. Otros aseguraban que impartía Ciencias Naturales porque tiempo atrás se había dedicado a diseccionar cadáveres en una morgue.

Desde su escondite, Maite tecleó silenciosamente un mensaje para su hermano:

VKTR

A LAS 5

EN PARKING

¡Víctor, eres un inútil! (I)

Víctor llegó corriendo al lugar de la cita.

–¿Dónde diablos te habías metido? –se quejó su hermana

–Verás, Byte... –Víctor llamaba Byte a su hermana Maite por su afición a los ordenadores–. Resulta que, en clase, Juanito me ha dicho que no sería capaz de...

–Está bien, está bien. Otra de tus historias. Despúes me la cuentas –sonrió–. Ahora, acompáñame.

Byte lo cogió de la manga y lo llevó al edificio de Secundaria.

–Víctor, necesito tu ayuda –dijo dulcemente.

–Ya me debes dos favores...

–Lo que tú quieras, pero te necesito. Se trata de un asunto de máxima importancia.

–Vamos, Byte, no dramatices. Tú dime de qué se trata y yo te digo si se puede o no se puede.

–Tengo que entrar ahora mismo en el aula de Informática. Sin falta.

–No se puede.

–¡Oh, vamos! Víctor, no bromees.

–No bromeo.

–Es un asunto de vida o muerte.

–Pues no se puede porque está cerrada. ¿Acaso no lo sabes?

–¡Ya sé que está cerrada! –se desesperó–. Por eso te he hecho venir... Antes de ir a París tengo que hacer unas consultas en Internet.

Maite enmudeció al darse cuenta de que había revelado su secreto.

–¿Así que se trata de eso? Quieres volver a entrar en la página web de Trouton Tout Technologie.

Pues van a ser dos favores más. Uno por abrir el aula y otro por no chivarme a mamá de que has entrado en la web de esos palurdos tecnológicos. Aunque, de todos modos, no te dejará visitar la compañía. Ya sabes: «París, la ciudad del arte y bla, bla, bla...».

–Punto número uno –refunfuñó Byte–: se llama Trouton Recherche Scientifique. Punto número dos: no son unos «palurdos tecnológicos», sino la mayor empresa tecnológica de Francia. Y punto número tres: mamá no podrá oponerse a que visite el edificio Trouton si me invita el mismísimo Charles-Auguste Trouton.

Víctor no rechistó. Sabía que cuando Byte se ponía a enumerar sus errores era mejor darle la razón. Al fin y al cabo, si todo salía bien le debería cuatro favores.

–Y punto numero cuatro –concluyó fastidiada al llegar frente a la puerta del edificio de Secundaria–: hemos llegado demasiado tarde. La puerta está cerrada.

–Yo puedo entrar.

–¿Tú? ¿Tú qué vas a poder? –sonrió ella con astucia.

–¡Byte! –estalló–. No me subestimes. ¿No has dicho que me necesitas precisamente porque está cerrada? Pues... ¡sígueme!

Corrieron a la parte trasera del edificio y Víctor clavó los ojos en un lugar de la primera planta.

–Ésa –dijo, señalando a lo alto del edificio de ladrillo rojo–. La tercera ventana empezando a contar por la derecha. Está un poco alta, pero no es difícil llegar. La cerradura de esa ventana está rota. A ver..., trae esa papelera y ponla aquí, boca abajo.

Maite obedeció.

–Sube a la papelera y dame pie –ordenó Víctor.

Víctor puso el pie entre las manos de su hermana. Se alargó tanto como pudo y se colgó de la ventana. El resto era pan comido.

–A veces me siento orgullosa de mi hermanito.

A los pocos segundos se encontraban en el interior de los baños del edificio de Secundaria. Byte abrió con sigilo la puerta y asomó la cabeza al pasillo.

–No hay moros en la costa –señaló.

Salieron de los lavabos con cautela, cruzaron el pasillo en silencio, bajaron dos pisos por las escaleras y, ya en el sótano, se detuvieron frente a una puerta. Un cartelito a su lado indicaba que era el aula de Informática.

Víctor metió la mano en su bolsillo y sacó un llavero del que colgaban diez o doce alambres de distintos tamaños y formas. Los observó uno a uno, lentamente. Byte, escondida en la penumbra, empezó a morderse el dedo meñique.

–Vamos, Víctor... Sabes de sobra cuál es. Lo haces para ponerme nerviosa... ¿Crees que me gustaría que nos encontrara Cifras?

–No, Byte, no lo hago adrede. Es que... creí que había hecho una réplica de la llave del aula de Informática.

–No me digas que no te acuerdas...

–¿Qué quieres que haga? A mí me pasan estas cosas...

–Ya, ya. Bueno, lo que quieras, pero rápido, por favor. Abre de una vez.

–No. Creo que no tengo esta llave.

–¡Oh, Víctor! –se desesperó–. ¿Por qué eres tan inútil?

–Byte..., a ver si hago saltar las alarmas y te pillan aquí dentro...

En silencio, Víctor fue probando los alambres. Ninguno funcionó.

–Y, ahora, ¿qué? –lloriqueó Byte–. Necesito consultar Internet... ¡Necesito un ordenador!

Al oír esto, una idea cruzó por la mente de Víctor. Achinó los ojos y esbozó media sonrisa.

–Tengo un plan.

Byte miró fijamente a su hermano. Víctor, al ver que dudaba, la tomó por el brazo y salió disparado. En la penumbra del pasillo, avanzaron veloz y sigilosamente, como sombras furtivas, y subieron las escaleras hasta el piso más alto. Fuera empezaba a oscurecer.

Víctor se colocó en medio del pasillo y extendió el brazo, señalando la puerta que había en el extremo del corredor. Byte lo contemplaba alucinada.

–No, Víctor. Ni pensarlo –cuchicheó.

–Vamos, Byte. Tú necesitas un ordenador y tras esa puerta hay uno. Seguro que tiene conexión a la red.

–Esa mujer me da miedo.

–¡Y a mí!

Byte tragó saliva, entornó los ojos y subió el último peldaño de las escaleras. Se dieron la mano y avanzaron paso a paso hasta el final del corredor. Junto a la gruesa puerta de madera leyeron un cartelito.

Mademoiselle Malmaison
Directora

Víctor se agachó y miró por la cerradura. Luego pegó la oreja a la hoja de la puerta. Permanecieron callados unos segundos, que se alargaron de modo insoportable. Silencio absoluto. Al fin, Víctor separó la oreja de la puerta y miró a su hermana. Byte asintió con una leve inclinación de cabeza y él introdujo un resplandeciente alambre por la cerradura. Lo giró despacito hacia la derecha y ¡clic!, la puerta se abrió.

El despacho de mademoiselle Malmaison estaba desierto. Las luces y el ordenador apagados; las cortinas, corridas. Byte se sentó en la silla de la directora y puso el equipo en marcha. Detrás de ella, Víctor husmeaba todas las estanterías y cajones del despacho.

De repente, oyó una leve exclamación que le heló la sangre. «Ya está. Nos ha pillado», pensó. Se dio la vuelta despacio, esperando encontrar a la directora en el umbral de la puerta, preparada para romper los brazos a los dos intrusos..., pero lo que vio fue muy distinto. Su hermana daba saltos de alegría en la butaca de la directora, mientras se tapaba la boca con las manos para no gritar. Víctor corrió hacia ella:

–Byte, ¿se puede saber qué te pasa? –cuchicheó.

–¡Oh, Víctor! –dijo, mientras una lágrima resbalaba por su mejilla–. Es... espléndido, ¡colosal! ¿No te das cuenta?

–No...

–¡Mira! –y añadió, girando la pantalla–: un e-mail de Trouton Recherche Scientifique. «Asunto: Respuesta a visita edificio Trouton.» ¿Lo ves? Mamá no podrá negarse.

–Bueno, léelo, a ver qué dicen...

–¿Qué insinúas? –lo interrumpió con dureza–. Los de Trouton no pueden negarse. En primer lugar, les mandé mi expediente. En segundo, les hice un breve resumen de los concursos de Tecnología que he ganado y además...

El ruido metálico de una llave introduciéndose en la cerradura hizo enmudecer a Víctor y Byte. Levantaron los ojos hacia la puerta, que tenían enfrente, y vieron con pavor que el pomo giraba. Al otro lado, alguien eructó ruidosamente. Víctor desapareció tras los inmensos cortinajes y Byte cerró el navegador y se escondió bajo la gran mesa.

Desde su escondite, cada uno buscaba una rendija para espiar. Y allí estaba: la más grande, la más tremenda, la más bestial mujer del universo. La directora. La llamaban mademoiselle, pero no tenía nada de señorita. Mejor sería llamarla señoraza o señorona, pues era más corpulenta que Crucero, más inteligente que Cifras y más cruel que nadie. Estaba tan gorda que era más fácil saltarla que rodearla. Llevaba unas botas negras con punta de hierro y un pantalón de pana con las rodilleras desgastadas. Siempre iba en mangas de camisa, aunque nevara. Camisas de cuadros, como las que llevan los leñadores. De su pelo rizado, pegado al cráneo, pendían dos o tres mechones rojizos que se deslizaban por su cogote. En definitiva, presentaba un aspecto monumental y abominable.

Y allí estaba, de pie, dispuesta a hacer lo que hiciera falta: arrancar, cortar, amputar, desintegrar. Arrugó la nariz y masculló:

–Algo huele a podrido en este despacho.

Byte y Víctor contenían la respiración, pero no podían evitar que sus corazones latieran como bombarderos.

Los ojos de mademoiselle Malmaison detectaron el resplandor azulado que despedía la pantalla de su ordenador.

–Así que jugando con mis juguetes, ¿eh? –dijo, retorciendo un pañuelo caqui entre sus manos.

A grandes zancadas se puso frente al equipo informático. Byte, que estaba a gatas, notó cómo el suelo temblaba a cada uno de sus pasos. La directora dejó caer el pañuelo y se sentó en la silla, que chirrió por todos los engranajes.

Sus inmensas pantorrillas quedaron a dos dedos de la nariz de Byte. Los pantalones de pana le quedaban un poco cortos y, al sentarse, dejaron ver las botas y parte de las piernas de mademoiselle Malmaison. Eran horribles. Estaban recubiertas de miles de oscuros pelos, gruesos como alambres. Byte contuvo la respiración para evitar que su aliento acariciara el asqueroso vello de la directora.

Malmaison rompió el silencio cuando empezó a teclear frenéticamente.

–Muy interesante... –dijo en tono amenazador–. Hace tiempo que no me pasaban cosas así...

Detrás de las cortinas, Víctor se moría de curiosidad por saber qué estaba haciendo. Luchó por controlarse, pero a los pocos segundos su flequillo punzante asomó por el extremo de la cortina.

La directora dejó de teclear al instante y Víctor se escondió. «¡Oh, oh!», se dijo, mordiéndose el labio inferior con el diente roto.

–¡Je! ¡Je! ¡Je! –rió mademoiselle Malmaison para sí. Había captado el movimiento de Víctor reflejado en la pantalla y ya sabía dónde golpear.

¡Pam!

Tras un giro vertiginoso, asestó un derechazo fulminante a las cortinas. Su puño se hundió en la tela e impactó contra el cristal de la ventana, que se rompió.

–¡Ah! –gritó Víctor fuera de sí. El puñetazo de la directora le había pasado a pocos milímetros del entrecejo. Agarró las cortinas con ambas manos y corrió hacia la puerta. Las anillas saltaron y la cortina cayó sobre su cabeza, cubriéndole y dándole el aspecto de un fantasma.

Al ver a su hermano, Byte cogió el pañuelo de la directora, se lo echó sobre la cara y salió disparada tras él.

–¡Eh, vosotros! –se desgañitó la mujer–. ¡Alto!

Corrieron por los pasillos, salieron por la ventana de los lavabos, saltaron al patio y no descansaron hasta que estuvieron a un par de kilómetros del despacho.

Cuando recuperaron el aliento, Byte perforó a su hermano con la mirada.

–¡Oh, Víctor, eres un inútil!

Vuelo BE-127 con destino a París

En la casa de los Robles se respiraba un ambiente tranquilo y acogedor hasta que dieron las ocho de la tarde y la cabeza de Víctor asomó por una puerta.

–¡Byte! –chilló con todas sus fuerzas.

Byte seguía terriblemente enfadada y no respondió.

–¡Byte!

–¡Víctor! –gritó el señor Robles irrumpiendo en el pasillo–. Llama a tu hermana por su nombre, ¿quieres? Y, te lo ruego, ¡no chilles!

–Cariño –le advirtió su mujer desde la habitación–, te he dicho mil veces que no me gusta que andes por casa en calzoncillos.

Papá Robles resopló, miró a su hijo y, más calmado, trató de explicarle:

–¿No sabes que debo concentrarme en el discurso de la convención?

–¿Discurso? ¿Convención? –dijo Víctor, alejándose sin comprender nada.

Byte estaba en su cuarto haciendo la maleta. No cabía todo lo que quería llevar y tenía que escoger entre el jersey verde con frutas naranjas y el naranja con frutas verdes.

–Realmente –se dijo mirando las dos prendas– es un dilema terrible.

Víctor entró y se puso a fisgonear por encima del escritorio.

–¿Qué haces? –preguntó a su hermana.

–Nada –respondió Byte metiendo el jersey naranja en la maleta–. No toques mi...

Pero era demasiado tarde. Víctor había pulsado una tecla y el ordenador emitió un prolongado silbido.

–¿Qué has tocado? –Byte se acercó al escritorio–. ¡Estaba copiando unos CD y acabas de...! ¡Víctor, sal de mi habitación sin tocar nada!

Víctor avanzó hasta el fondo del pasillo y se quedó apoyado en el marco de una puerta. El señor Robles andaba por su cuarto nerviosamente mientras trataba de abrocharse el botón de los pantalones.

–Vamos a intentarlo otra vez, querido –dijo amablemente mamá Robles, que planchaba una camisa.

El señor Robles asintió, carraspeó y recitó:

–Apreciados mesdames et messieurs, es para mí un inmenso honor aceptar...

–¡Inmenso es demasiado! –gritó Byte desde su cuarto.

–¿Demasiado qué? –le preguntó su padre.

–Eso, simplemente demasiado.

–Mmm... Entonces, ¿qué digo? ¿Grandioso honor? –preguntó el señor Robles.

–¿Tanto?

–¿Es para mí prenda de la más alta...?

–Eso es pedante, papá. ¿No lo ves? –dijo Byte mientras salía al pasillo cargando con la maleta.

–¿Pedante? En mi época... ¿A ti qué te parece, cariño? –preguntó a su mujer–. ¿Es pedante? ¿Ágata? ¿Me escuchas?

–Claro, cielo, ¿qué decías? –respondió mamá Robles, que había dejado de planchar y hojeaba una guía turística–. ¡Oh! Aquí pone que en el barrio de Montmartre se conserva el estudio del pintor naíf Max Fourny. Montmartre... Mmm... –suspiró tras oler las páginas de la guía–. Debe de ser un barrio tan encantador y romántico. ¿No te parece, Rodolfo, cielo?

–Mamá... –la interrumpió Víctor–. Estábamos con lo del discurso, ¿recuerdas?

–Entonces –prosiguió papá Robles pomposo–, a ver que os parece esto... ¡Ejem! Es para mí motivo de gran satisfacción aceptar...

–Psé... ¿Para qué es el discurso? –preguntó Byte poco convencida.

–La convención anual de Margaux, Maite –dijo mamá Robles guiñando un ojo–. Y tu padre quiere estar preparado por si lo nombran director comercial y tiene que agradecerlo públicamente, ¿entiendes?

–¿Hay que hacer discursos para vender comida de gatos? –preguntó Víctor.

—¡Ejem! —el señor Robles lo fulminó con la mirada.

—¡Chssst! —terció su madre, abriendo otra vez la guía turística—. No le pongáis más nervioso. ¡Ah! Mirad, éste es el cementerio de Montparnasse, donde está enterrado el crítico de arte Tristan Tzara. ¡Y también la célebre...! ¡Oh! ¿No es maravilloso?

—¿A ver? —se interesó Byte, acercándose a su madre.

¡Pam!

Una puerta se cerró con gran estruendo y tembló la habitación entera.

—¿Qué ha sido eso? —preguntó mamá Robles, levantando la cabeza de la guía.

—Papá —sentenció Víctor—. Se ha encerrado en el baño.

—Ya se le pasará. Cuando tiene que hablar en público se pone un poco intranquilo... ¿Habéis hecho vuestro equipaje? —ellos asintieron—. Pues, ¡hala! —se levantó mamá Robles—. No arméis jaleo, que vuestro padre está muy nervioso. ¡Oh, Champs Élisées, la- rá, la-ra-lá! ¡Oh, Champs Élysées! —se alejó, canturreando hacia la cocina.

Byte se volvió a su hermano.

—¿Crees que resistiremos un fin de semana así?

—Lo malo es que no se trata de un fin de semana... ¡sino de cuatro días!

El jueves a las once de la mañana un taxi los llevó al aeropuerto, desfilando raudo y veloz por las calles de la ciudad.

—Víctor, ¿de verdad crees que en París vas a necesitar los patines en línea? —le preguntó su hermana.

—Pues... Es probable —respondió él, mascando un chicle de fresa.

–¿Y la pistola de agua con tinta china?

–Pues claro.

–Eres un crío.

Víctor, por toda respuesta, hizo un enorme globo rosado que estalló en las narices de Byte.

–Víctor, compórtate –le corrigió su madre.

–Y tú, Maite... –dijo el padre–. ¿Necesitarás el móvil y el descompresor MP3?

Byte se puso colorada y Víctor sonrió satisfecho.

–¿También has cogido la aspiradora? –se rió Víctor.

–¡Mirad! –anunció la señora Robles sonriente–. La terminal A del aeropuerto.

Bajaron del taxi y se vieron rodeados de una multitud de viajeros que, como ellos, transportaban pesadas maletas. Víctor se lanzó a la captura de un carrito metálico en el que cargarlas.

–Espero que no vayan todas estas personas en nuestro avión –dijo la señora Robles–. No estoy dispuesta a ir apretujada y de pie, como en el metro.

–Papá –dijo Víctor–, tienes que llevarla de viaje más a menudo.

Llegaron frente al mostrador de Air France. Una simpática azafata uniformada con traje azul marino y un pañuelo rosa anudado al cuello atendía a los viajeros. Se pusieron a la cola para facturar las maletas.

–Esa señorita tan chic, seguro que es de París –comentó Víctor a su madre con media sonrisa pícara.

–¿Estás seguro? –se interesó su madre.

–Segurísimo.

Pronto les tocó el turno y los cuatro se abalanzaron sobre el mostrador.

–¿Es usted parisiense? –preguntó la señora Robles, pestañeando con interés.

La azafata los miró sorprendida y frunció el entrecejo.

–¿Qué? ¿De pitorreo?–preguntó la azafata mientras Víctor y Byte se morían de la risa–. No, señora. No soy de París. Soy de Moreruela de los Infanzones, provincia de Zamora –dijo, cambiándole los billetes con muchos humos–. Tome, las tarjetas de embarque. Que ustedes lo disfruten. A ver... ¡Siguienteee!

La señora Robles miró detenidamente a su hijo.

–Casi –dijo éste–. Lo parecía, ¿no?

Los Robles se alejaron del mostrador mientras por megafonía una voz repetía con insistencia:

–Último aviso para los pasajeros del vuelo BE-127 de Air France con destino a París: embarquen por la puerta 6. Último aviso para los pasajeros del vuelo...

–¡Nosotros! –chilló mamá Robles, agitando las tarjetas de embarque en al aire–. ¡Somos nosotros!

–¡Chssst! ¡Te van a oír todos! –le dijo su marido.

–¡Vamos, corred, es nuestro avión! –exclamó ella, envolviéndose en su chal de viaje–. Es el último aviso y no quiero que se nos escape.

En su carrera frenética por los pasillos de baldosas brillantes, atravesaron riadas humanas de todo tipo y, tras derribar a varios sindicalistas protestones, sortear hileras de carritos y desplazar al equipo de baloncesto femenino hispano-francés, llegaron al control de seguridad.

–¡La puerta 6! –gritaba mamá Robles–. ¿Dónde está la puerta número 6?

–Cálmese, señora –la interceptó un guardia de seguridad–. A ver ese bolso...

Cuando hubieron atravesado el exhaustivo control de seguridad, los Robles llegaron frente a la puerta de embarque. Se situaron frente a las azafatas que tomaban las tarjetas y permitían el acceso al finger de la pista. Papá Robles se recompuso la corbata y se metió la camisa dentro del pantalón.

–¡Buf! –exclamó–. Casi no lo logramos.

–¡Ah! ¡París de mis sueños! –dijo la señora Robles al entrar en el Boeing 747–. Vuestro padre llevaba años prometiéndome este viaje. Y, ahora... ¡Allá voy! ¡Yujuuu! Esperadme, Chanel y Dior, Lacroix y Guy Laroche.

–¿La... qué? ¿Quiénes son esos, papá? –preguntó Víctor extrañado.

El señor Robles sintió que le flaqueaban las piernas cuando su mujer nombró las tiendas más caras, de las calles más caras, de la capital más cara del mundo. Se repantingó en su butaca y llamó a la azafata.

–¿Desea algo el señor?

–Sí, señorita –respondió con los ojos cerrados–. Una cajita de somníferos y dos tapones de cera para las orejas.

Un hotel de cinco estrellas

–¡Oh! ¡Es un hotel de cinco estrellas! –exclamó Ágata Robles al bajar del taxi.

Se encontraban frente al Hôtel de Crillon, en la céntrica Plaza de la Concordia. Su larga fachada de mármol se había vuelto gris con el tiempo. El primer piso descansaba sobre esbeltas columnas clásicas y a ambos extremos del colosal edificio sobresalía un palacete decorado con esculturas. En la cornisa superior ondeaban banderas de varios países, rematando el edificio como velas en una tarta de cumpleaños. Esa primavera París ofrecía un paisaje de ensueño. Cerca del hotel, los jardines del Palacio de las Tullerías explotaban en colores y bandadas de golondrinas surcaban el cielo azul, sobre la ciudad de las luces. El señor Robles sonrió satisfecho de su elección.

–¡Pichoncito mío...! –dijo su mujer, echándose a su cuello–. Es más de lo que hubiera imaginado. Aquí debe de reunirse la crème de la crème de París. Espero que os comportéis como es debido –advirtió a sus hijos, cambiando de tono–. Ya sabéis que papá tiene mucho trabajo y en esta convención puede conseguir grandes cosas. ¡Oh! Mirad allí: el obelisco que Napoleón trajo de Egipto. ¡Rodolfo, cielo, qué romántico es todo!

Mamá y papá Robles se cogieron de la mano y siguieron al enorme portero, cuadrado como un armario, que cargaba con el equipaje de toda la familia. Lucía un largo abrigo rojo y una gorra con ribetes dorados, y en sus gruesos labios temblaba una mueca estúpida que interpretaron como una sonrisa de bienvenida.

Tras cruzar la puerta giratoria, mamá Robles sintió que se le aceleraba el corazón. Víctor cerró con fuerza los ojos, heridos por los fulgores del lujoso vestíbulo, y Byte, boquiabierta, no supo evitar el silbido agudo e inarticulado que emergió de su interior. A derecha e izquierda, sobre alfombras persas, brillaban sendas mesas Luis XV, rodeadas de silloncitos tapizados en seda azul, donde huéspedes del mundo entero hojeaban la prensa internacional. Aquí y allá se levantaban columnas doradas con aguas de ocre oscuro. El suelo embaldosado en mármol bicolor reflejaba la lámpara exuberante que pendía del techo, con sus incontables brazos áureos y sus mil cristales en forma de diamante.

–Bienvenidos a la France del siglo XVIII –susurró papá Robles con deje afectado.

En un mostrador de madera caoba dos conserjes de chaqueta granate atendían diligentes a un matrimonio japonés y a un señor hindú vestido con traje diplomático negro bordado en oro.

Llegó el turno de la familia Robles y Rodolfo se acercó a pedir las llaves de sus habitaciones, pero el fiero rugido de un motor ahogó su voz.

—¡Vaya cochazo! —exclamó Byte, contemplando el precioso automóvil color natillas que había frenado delante del hotel—. Es el nuevo Rolls Royce con control de aceleración SPR, navegador GPS 3D y thermotronic. ¡Qué pasada!

Tres botones salieron corriendo y entraron a los pocos segundos con varias maletas de piel bajo el brazo.

—¡A ver niños, apartaos! —ordenó el chófer.

Tras él entró una dama. Era alta y enjuta, vestía un traje de muselina rosa con los hombros abarrotados de flores en seda. En la cabeza llevaba un ridículo sombrerito parecido a una tacita de café. Hecho un ovillo entre sus brazos, dormía plácidamente un diminuto pequinés de pelo gris. De vez en cuando respiraba hondamente y un afilado colmillo asomaba por su boca.

La mujer atravesó el vestíbulo y se plantó delante de ellos en el mostrador.

—¡Eh, señora! No empuje... —se quejó Víctor.

—Quítate de ahí, mocoso, and you —ordenó la recién llegada a Byte, señalándola con un dedo enguantado—, di a tu brother que se aparte.

—Dejadla pasar, hijos —ordenó secamente la señora Robles.

—Pero mamá, se está colando...

—Debe de tener muchísima prisa, ¿verdad, señora?

La recién llegada repasó a mamá Robles de arriba abajo y dijo en tono glacial:

–Le agradeceré que en adelante se dirija a mí como milady.

Mamá Robles se quedó sin habla.

–Pues usted, milady –intervino papá Robles, cerrando un contundente puño sobre el mostrador–, puede dirigirse a nosotros como Ágata y Rodolfo Robles. Éstos son nuestros hijos, Maite y Víctor, tanto gusto. Atienda a esta señora, por favor –dijo luego al conserje.

–Mohammed, la llave, please –ordenó la mujer.

–A sus órdenes, milady –respondió el conserje, tragando saliva.

–¡Qué descaro! –murmuró ella tras arrancar las llaves de los dedos de Mohammed, mientras se alejaba hacia el ascensor–. A ver si aprenden a respetar a la aristocracia. ¡Bah! ¿Sigues mareado, Mylove? –dijo acariciando al perro–. ¿No te ha hecho efecto la medicina?

–¡Víctor, mete eso dentro de la maleta! –ordenó mamá Robles.

Víctor refunfuñó mientras escondía la pistola de agua cargada con tinta china.

–No se preocupen –se excusó Mohammed con una sonrisa de circunstancias–. Ya irán conociendo a lady Clearwater.

–Creo que ya la hemos conocido lo suficiente... –dijo papá Robles, tomando sus llaves.

Un botones los acompañó en ascensor hasta la tercera planta.

–Las habitaciones 311, 312 y 313 están al fondo –indicó cuando les dejó en la tercera planta.

Entre los cuadros, espejos y grandes jarrones chinos que decoraban el pasillo, Víctor reparó en una enorme y reluciente armadura plateada que sostenía una gran cachiporra erizada.

–¿Crees que dejarán que me meta ahí dentro? –susurró a su hermana.

–Seguro que sí –dijo Byte con una mirada de complicidad–. ¿Por qué no se lo preguntas a papá cuando ensaye su discurso?

–Buena idea.

–Sí, será genial.

Solo en la habitación 313, Víctor deshizo el equipaje y pronto se aburrió, así que salió al pasillo alfombrado y llamó a la puerta contigua.

–¡No estoy! –respondió Byte.

–¡Tú te lo pierdes! –dijo él.

La puerta de la 311 se entornó y Víctor vio asomarse a su padre. Iba en calzoncillos.

–¿Vas a salir, papá?

–¡Qué simpático! Iba a darme una ducha. Y tú, ¿adónde crees que vas?

–A dar una vuelta por el hotel...

–Mmm..., bueno, pero te quiero ver en el comedor a las siete en punto –dijo papá Robles, pensando que podría ensayar en paz.

–¿A las siete?

–Sí, cielo –gritó su madre–. Aquí se cena antes.

Víctor deambulaba por los lujosos y enmoquetados pasillos del hotel, admirando armaduras, relojes de marfil, óleos franceses del siglo XVIII y ramos de flores recién cortadas.

–Con un poco de suerte e ingenio –se decía–, conseguiré un buen recuerdo de este sitio...

Bajó a la primera planta, metió sigilosamente uno de sus alambres en la cerradura de la suite Bernstein y entró en la habitación.

–Ahí está... –dijo, saliendo al gran balcón–. No será fácil, pero vale la pena...

Colgado de la barandilla, se puso manos a la obra.

–Ya falta poco... A ver; así, así... Ahora. ¡Huy, que se cae!

Con su trofeo en las manos, bajó de la barandilla, se metió de nuevo en la suite y cerró las puertas del balcón.

–¿Qué llevas ahí? –preguntó alguien a su espalda.

Víctor se llevó un susto de muerte. Un chico enfundado en un jersey de rombos lo observaba con atención. Tendría su misma estatura, pero pesaba varios kilos más. Su pelo color miel presentaba ondulaciones curiosas y en los mofletes se apreciaban cientos de pecas diminutas. Una mueca de desagrado dejó al descubierto sus dientes, considerables y separados.

–¿Qué llevo dónde? –disimuló Víctor

–Ahí –señaló el desconocido–. No lo escondas. Se ve perfectamente.

–¿Esto? –preguntó sin darle importancia–. Nada, un recuerdo.

–¿Un recuerdo? –el chico rechoncho entornó sus ojos azules–. Querrás decir una de las estrellas luminosas del hotel.

–¿Y tú quién eres? O, mejor dicho, ¿a ti qué te importa?– preguntó Víctor.

–Pues me importa bastante porque mi madre trabaja aquí. Nuestro hotel tenía cinco estrellas y, ahora, sólo le quedan cuatro.

–¿Vuestro hotel? ¿Tu madre es la jefa?

–No, exactamente. Es planchadora.

–¿Planchadora de las que planchan y todo eso...?

–No, de las que saltan en pértiga. ¡Pues claro que es de las que planchan!

–Entonces –dijo Víctor, sospechando algo–, ¿tú qué haces en esta suite?

El intruso enrojeció hasta las cejas y se rascó su nariz llena de pecas.

–Yo, pues..., paseo por las habitaciones a ver qué han olvidado los clientes. ¡Te encuentras con cada sorpresa! Ahora me toca preguntar a mí –dijo el chico–. ¿Cómo has abierto la puerta?

Víctor sacó sus alambres del bolsillo.

–No es muy difícil –confesó.

–No, no lo es –dijo el recién llegado, mostrando su ganzúa–. Me llamo Étienne.

–Yo, Víctor –respondió él al mismo tiempo que le tendía la mano amistosamente.

–Ven conmigo, te enseñaré esto. Seguro que te va a gustar –lo invitó.

Recorrieron uno de los pasillos hasta meterse por un paso a la zona de servicio. Étienne se detuvo ante una puerta gris.

—Verás qué interesante —dijo al abrirla y descubrir un oscuro hueco en la pared

—Esto es un montacargas, ¿no?

—Oui —asintió el chico, subiéndose a la repisa—. Pero no se utiliza... casi nunca. Agárrate con fuerza a los cables.

—Si tú lo dices —concedió Víctor, dejando la estrella en un rincón.

—¡Víctor! —gritó Byte, apareciendo en la zona de servicios—. ¿Dónde te habías metido?

—¿La conoces? —preguntó Étienne, asomando la cabeza por el hueco.

—De vista.

—Es guapa —comentó Étienne antes de lanzarse por el agujero.

—Pfff...

Se deslizaron por los cables del montacargas y descendieron a todo trapo. Byte corrió tras ellos.

—¡Esperadme!

Aterrizaron dos pisos más abajo, en medio de una espesa niebla. Varias personas con delantal y gorro blanco trajinaban con platos y bandejas haciendo un ruido ensordecedor. Pinches y cocineros cortaban lechugas, patatas y zanahorias a toda velocidad. Se oía el burbujear de los cocidos en las ollas y el crepitar del aceite en las sartenes. Étienne inspiró profundamente para llenarse los pulmones de tan apetitosos olores.

–Las cocinas del Hôtel de Crillon –informó, extendiendo el brazo.

–¡Ya os tengo! –dijo Byte al caer sobre ellos.

–Es mi hermana –resopló Víctor.

–Encantado. Mi nombre es Étienne –dijo él, entornando los ojos dulcemente y sonriendo de oreja a oreja–. ¿Y el tuyo? No, no me lo digas. Seguro que tiene que ver con las estrellas, lo dicen tus ojos...

–Byte... –dijo ella, ruborizándose–. Me llamo Byte.

–¿Byte? Un nombre estelar...

–Sí, precioso –lo interrumpió Víctor–. ¿Seguimos?

Un enorme ruido de sartenes y ollas hizo que se detuvieran.

–¡La mato! ¡Es que la mato...! –gritó alguien que blandía un enorme cuchillo en medio de la densa humareda.

–Os presento a Pierre Escargot, el chef del restaurante –explicó Étienne sin inmutarse.

El chef dio un golpe seco a la puerta del comedor, que se abrió de golpe.

–¡Cojan a monsieur Escargot! –gritó uno de los pinches–. ¡Va a por la Clearwater!

Varios cocineros salieron disparados detrás de Escargot y lo arrastraron a la cocina, agarrándolo por brazos y piernas, mientras el hombre se resistía con los ojos rojos de ira.

–¡Pobre Escargot! –oyeron comentar a uno de los pinches mientras abandonaban el espectáculo–. Se pasa todo el día confeccionando los platos más exquisitos para esa vieja: noisettes d'agneau, crêpes suzettes, oeufs en cocotte à l'estragon... y, la muy desagradecida, le pide que le hierva las ostras... ¡por cuarta vez!

En el comedor se escondieron detrás de un gran ficus. Lady Clearwater cenaba en una gran mesa llena de candelabros, rodeada de bandejas y fuentes plateadas. De vez en cuando probaba alguno de los guisos y ordenaba displicente que lo retiraran. A su lado, echado en la mesa, el pequinés devoraba un plato de ostras.

–¿Te gustan estas ostras, sweetheart? –dijo Clearwater–. Cómetelas despacito, que no queremos volver al dentista...

–¡Guau! –ladró el perro.

–¿Qué ha llamado al perro? –preguntó Víctor, apartando una rama para ver mejor.

–Corazoncito –dijo Étienne, haciendo una mueca.

–¿La conoces? –terció Byte.

–¡Buf! –repuso Étienne poniendo cara de asco–. Lady Clearwater: viene cada primavera al hotel y, cuando regresa a Inglaterra, todo el personal se toma unas vacaciones...

–¿Tan maniática es? –preguntó Byte, que veía cómo la vieja rechazaba una sopera humeante sin mirar su contenido.

–Muy pocos sabemos tratarla. Prestad atención.

Étienne salió de su escondite, se acercó a la mesa y se puso frente a la dama, haciendo una reverencia exagerada. El pequinés escupió tres ostras y empezó a gruñir.

–¡Qué alegría verla de nuevo en Crillon, milady! –exclamó Étienne–. ¡Todo el hotel se consumía de impaciencia por...!

–¿Todo el hotel?

–París carece de luz cuando falta usted. Cada año, con su llegada, las golondrinas empiezan a cantar y los árboles, los árboles...

–Sí, sí, lo sé. Os traigo la primavera –se ruborizó la anciana–. Desde que he llegado no oigo otra cosa. ¿Y cómo está mi pequeño pícaro? –añadió, alargándole un billete de diez euros.

Étienne respondió con elegantes evasivas, se dio la vuelta y regresó satisfecho al ficus.

–¿Lo veis? Se pone tierna con cuatro bobadas... ¡Bah! No perdamos más tiempo. Os quiero presentar a mi madre.

Descendieron a los sótanos, atravesaron la lavandería y llegaron a la zona de planchado. Étienne les pidió silencio y abrió la puerta con gran sigilo. Inmediatamente quedó sepultado por un montón de manteles y servilletas blancas bordadas con el logotipo del Hôtel de Crillon.

–Me llegas caído del cielo –dijo una mujer pelirroja que tenía una plancha en la mano–. Necesito todo esto para dentro de media hora. Hay una cena en el salón des Batailles.

La cabeza de Étienne salió de entre los manteles y sonrió a su madre:

–Son Víctor y Byte, mamá.

–Encantada, queridos –dijo musicalmente mientras estampaba un par de besos en sus mejillas–. Lamento no atenderos como es debido, pero ya veis que andamos atareados...

–Creo que aquí acaba la visita –se despidió Étienne mientras seguía a su madre hacia los cubos repletos de ropa sucia.

–Un gran tipo, este Étienne –dijo Víctor mientras pulsaba el botón del ascensor para regresar a sus habitaciones.

–Sí, es simpático –concedió Byte distraídamente, observando cómo se iluminaban los números de las plantas.

–¿Por qué te sonrojas?

–No me sonrojo.

–¡Sí te sonrojas! Te has puesto como un tomate iluminado por un rayo de luna. ¡Ja! ¡Ja! ¡Ja!

–Chicos... –respondió ella volviéndole la cara mientras pensaba qué ponerse para la cena.

Tercer piso. Al abrirse la puerta del ascensor apareció el señor Robles caminando a grandes zancadas pasillo arriba, pasillo abajo.

–Y tras asistir a este tremendo acto... –recitaba.

–Pichoncito –le corrigió la señora Robles desde la habitación, con la puerta abierta de par en par–, eso de *tremendo* suena catastrófico.

Papá Robles empezó a hacer aspavientos.

–Pues..., pues...

–Hola, papá.

–Hola, hijos. Víctor, ¿qué llevas ahí? ¡Ah!, una estrella. Muy bonita...

Mamá Robles asomó la cabeza.

–¿Una estrella...? ¡Víctor!

La Quai d'Orsay

Víctor bajó a desayunar con legañas en los ojos y besó a su madre, que saboreaba un enorme flan rodeado de nata.

–Buenos días. ¿Y papá?

–Salió a primera hora hacia la convención. ¿Adónde vas con el chubasquero?

–¿No has visto qué día hace, mamá?

–No. ¿Y Maite?

–Ahora viene. Está enviando unos mensajes.

–Qué raro, siempre es la primera en desayunar.

Víctor la miró con la boca llena de ensaimada.

–Ya ha... ¡Grumpf! tenido tiempo de desayunar y de conectarse a Internet, en los ordenadores del vestíbulo.

Byte entró, entonces, en el comedor vestida con un chubasquero amarillo y se sentó junto a su madre, que desplegaba un enorme mapa de la ciudad encima de la mesa.

–¡Alehop! –dijo mamá Robles– y esta mañana... mmmm... a ver... la Plaza de... No esto no... el Museo de mmm tampoco... la Exposición de... mmm... interesante los impresionistas, pero claro mejor Monmartre porque la...

–Pero mamá –dijo de repente Byte, con un mohín de disgusto–, ya hemos visitado ese castillo y parte del Museo del Louvre.

–Sí, y nos hicimos una foto bajo la luna de París y visitamos ese palacio tan histooórico y... –dijo Víctor mientras se acababa unas fresas con nata.

–¿Y Eurodisney, cuándo? –preguntó Byte.

–¡Eso! –exclamó Víctor, atacando los restos de flan que había dejado su madre.

–Mmm... –recapacitó mamá Robles–. Sí, supongo que también habrá que ir. Pero ahora toca... –dijo, abriendo la guía turística encima de la mesa– ¡el magnífico Museo de la Quai d'Orsay, donde podremos admirar cuadros de Manet y Seurat! ¿No os emociona? Los artistas que cambiaron la historia del arte: Van Gogh, Cézanne, Picasso... ¡Qué maravilla!

–¡Bufff...!

Salieron del café y anduvieron en dirección al Sena hasta que Byte se detuvo frente a un escaparate.

–Mira, mamá –exclamó paralizada frente a un escaparate–. ¡Es increíble!

–¿Qué ocurre?

–Es el nuevo proyector de hologramas de Trouton. ¡Y el nuevo escáner 3D! ¡Y el implante dental GPS! ¡Oh, mamá, déjame entrar!

–Está bien, entra. ¡Vaya manía con los dichosos aparatitos! ¿Quieres entrar tú también? –preguntó mamá Robles a su hijo.

–No tengo ningún interés, mami –respondió Víctor.

–¿Y cómo sabe tanto tu hermana de estos temas?

–Lo habrá leído en TT.

–¿Dónde?

–En *Todo Tecnología*.

Al cabo de unos minutos Byte salió de la tienda.

–¿Sabéis qué? –dijo exultante–. Por sólo trescientos euros te implantan el GPS en una muela y por quinientos, te compras una cazadora con móvil incorporado y sensor de lluvia.

Satisfecha la curiosidad de Byte, siguieron hasta el museo. La señora Robles tuvo que arrastrarlos por las galerías para que la siguieran en el recorrido. Logró que vieran algunas obras importantes pero, cuando llegaron a los lienzos de Manet, Byte estalló:

–Mamá, no puedo más. Esto es un rollo.

–¿Un rollo? –se volvió escandalizada–. ¡Pero si son los cuadros más bonitos del impresionismo francés! ¿No os emocionan?

–Sí, mamá –dijo Víctor, sacando la lengua y poniendo los ojos en blanco–. Estamos en éxtasis...

–De acuerdo –resolvió la señora Robles, cruzando los brazos–. Si no queréis culturizaros, allá vosotros. Esperadme fuera.

–¿De verdad? –se sorprendió Víctor.

–No preguntes y vámonos –susurró Byte.

Salieron fuera y se sentaron en la escalera del museo, aburridos. El cielo tenía un color ceniciento. Les pareció que un rayo partía el oscuro horizonte, más allá de las torres de Notre Dame.

–Tengo una idea –dijo Víctor.

–Ay, ay, ay...

–¿Qué tal si vamos a ver escaparates? –propuso–. Si mamá quiere algo, que nos llame al móvil, ¿no?

Byte sonrió y salieron hacia la calle contigua, por la que deambularon un buen rato, metiéndose en todas las tiendas y manoseando todos los expositores.

–Vaya –se lamentó Byte cuando volvieron a la calle–, lo que faltaba.

Se recogió el pelo y se cubrió con el capuchón del impermeable amarillo. Tomó a Víctor de la manga y lo condujo a la calle siguiente.

En la rue de Solferino un viejo portal con marquesina los protegió del repentino aguacero. Una verja daba paso a un callejón cubierto, por el que se accedía a distintas viviendas. Empezaba a oscurecer. Los faros de un coche que entraba en la calle los iluminaron. Frente a ellos, pisó un charco con violencia.

–¡Aghhh! –exclamó Byte, limpiándose el agua fangosa de la cara–. ¡Nos ha puesto perdidos!

–Entremos –dijo Víctor, señalando la verja del portal.

Byte sacó el móvil.

–Espera, llamaré a mamá para decirle...

Pero Víctor ya no escuchaba. Empujó la verja y se adentró en el estrecho corredor. A ambos lados, varias puertas, viejas y herrumbrosas, daban acceso a los apartamentos. Pasó por delante de una hilera de buzones abandonados.

–Nada interesante –se dijo.

El callejón terminaba en una puerta verde, ligeramente menor a las demás, pero tan sucia como el resto del inmueble. Junto a ella, en el suelo, reposaba una lápida metálica.

–¿Qué es esto? –se preguntó Víctor al agacharse.

Recogió la abollada placa metálica y la frotó con la manga de su chubasquero. Pudo leer con esfuerzo.

–«14 ru... de Solf...ino...» Tal, tal, tal... «Laffitte. Inventeur.» ¿Laffitte? Vaya nombre –se dijo mientras seleccionaba uno de sus alambres–. A ver si éste funciona...

Hizo girar el alambre en el interior de la cerradura hasta que la puerta se abrió.

–¿Víctor?

–Aquí, ¡al fondo!

–No te veo... ¡Ah, sí! ¿Qué haces? ¡Oh! ¿Estaba abierta?

–Ahora sí.

–Mamá dice que no nos mojemos. Nos espera en el hotel para la cena. Y que no se nos ocurra llegar tarde.

–Vale, pues entremos. Ya verás, no hay nadie.

–Pe... pero, ¿y si hay alguien?

–No creo. Parece abandonada.

–No importa. No tenemos derecho a...

Víctor le mostró la placa.

–¿Un inventor? –preguntó Byte con interés.

–Sígueme.

Víctor empujó la puerta lentamente y entraron en la vivienda. Las cortinas estaban corridas y apenas veían nada.

–Esto parece un... –dijo Víctor, tanteando la pared.

Pulsó un interruptor y varias bombillas que colgaban del techo se encendieron a la vez. Se encontraban en una habitación cuadrada con el suelo de baldosas blancas y verdes. En las desnudas paredes sólo se distinguían manchas amarillentas de humedad y siluetas de muebles que alguna vez habían llenado la estancia.

–Víctor, aquí no hay nada. Mejor nos vamos.

–Me gusta este sitio...

–¡He dicho que nos vamos! –ordenó ella, dando un taconazo sobre una baldosa verde–. El día menos pensado nos metemos en un lío y...

La baldosa se había hundido bajo su pie. Un repentino ruido de cadenas arrastrándose por el suelo llenó la habitación. Las paredes empezaron a temblar con una sucesión de golpes metálicos y unos soplidos estentóreos; era como si se hubiera accionado un mecanismo y resoplara en las ocultas entrañas del inmueble.

Se abrió un agujero en el suelo y emergió una estantería muy alta llena de libros. Dos mesas de laboratorio bajaron chirriando del techo, colgadas de unos cables. La pared de la izquierda se deslizó a un lado y dejó al descubierto un enorme armario empotrado, hecho de madera tallada, con cajones y repisas en las que reposaban frascos y botes de cristal llenos de líquidos verdes, plateados, violetas y amarillos. Por último, a la espalda de los chicos apareció una espectacular chimenea de piedra pulida y se encendió el fuego. Cuando cesaron todos los ruidos sólo se oía el crepitar de los troncos al quemarse.

–¡Esto es bestial! –exclamó Byte boquiabierta, corriendo a las mesas. En una se podía ver todo tipo de material químico: hornillos, probetas, matraces y tubos de ensayo cubiertos de polvo. En la otra, larga como un banco de carpintero, reposaban brazos articulados, engranajes, tuercas, un enorme microscopio y otras piezas mecánicas, entre las que brillaban infinitos hilillos plateados de telarañas.

Víctor se acercó al armario. Cada uno de los cajones iba señalado por un cartoncito con letras de molde prácticamente ilegibles.

–Aquí debía de estar guardado el material.

Abrió uno al azar, que estaba repleto de pequeñas ruedecillas metálicas. El siguiente estaba lleno de cadenitas oxidadas y el tercero albergaba frascos con un líquido viscoso de color verde. Víctor leyó el siguiente cartelito y preguntó:

–*Interdit* significa 'prohibido', ¿verdad?

–Claro –le respondió ella con los ojos en el microscopio.

–¡Qué interesante...!

Byte se acercó a su hermano.

–¿Qué pasa? ¿No se puede abrir? –le preguntó al ver que el cajón no cedía.

–No.

–Déjame probar...

–Un momento, ya casi lo tengo... Sólo unos segundos... ¡Eh, Byte, estate quieta...!

Ella empujó a su hermano y, sin querer, presionó el cajoncito, que se hundió hasta el fondo. Un temblor recorrió el suelo. Víctor y Byte se miraron. Sus mejillas vibraban como un flan.

—¿Un terremoto?

—No creo... —dijo Byte, señalando al centro de la sala, donde algunas baldosas se deslizaban para dejar al descubierto un oscuro agujero.

—¡Guau! ¡Mira lo que has descubierto! —dijo Víctor, señalando la escalera grisácea que había aparecido.

—Sin querer... He accionado otro mecanismo hidráulico.

—¿Hidra... qué? —preguntó Víctor, pisando el primer escalón.

—¡Víctor, quieto! ¿Estás loco? ¡A saber qué habrá ahí abajo!

—Si no bajamos, nunca lo sabremos.

—¡Aaah! —gritó Byte. Una bandada de murciélagos emergía del pozo entre agudos chillidos.

Los inventos de Laffitte

Los peldaños los condujeron a un túnel húmedo y largo, débilmente iluminado. Cada quince o veinte metros una ridícula bombilla colgada de la bóveda propagaba una luz mortecina a su alrededor. A ambos lados se adivinaban los más extraños artilugios: máquinas con largos brazos, curiosos engendros a medio componer, piezas mecánicas y eléctricas. Cada una tenía un cartel atado con su nombre.

–Esto está muy oscuro –tembló Byte.

–Parece una antigua vía de metro –dijo Víctor al notar dos raíles sobre el pavimento.

–Debe de ser el almacén del inventor... –aventuró Byte.

–Psé.

–¿Y eso de ahí?

–¿El qué? –preguntó él, aguzando la vista.

Al fondo, donde el túnel giraba repentinamente a la derecha, se adivinaba una inmensa y misteriosa silueta ahuevada. Se dirigieron hacia ella, pero a medio camino se encontraron con una gran mesa llena de tubos y válvulas. Unos juegos de poleas y cuerdas colgaban de unos brazos articulados. Estaba señalada como «gigantoscopie».

–En este cartel pone –leyó Víctor– que servía para convertir a los humanos en gigantes de tres metros.

–Espero que no fuera a base de estirar brazos y piernas... –se estremeció Byte.

Junto al gigantoscopie, arrinconada en la pared derecha y medio cubierta por unas lonas, vieron una carcasa de madera con forma de berenjena y dos filas de asientos acolchados en su interior. En la parte trasera, unos ejes verticales subían hacia arriba y sostenían tres hélices metálicas. De ambos lados de la berenjena salían unas alas forradas de una tela gruesa.

–Hélix triforme –leyó Víctor en el papel–. Para volar el triple de rápido que el ferrocarril más rápido.

–Parece uno de los prototipos voladores de Leonardo da Vinci.

–¿De quién?

–Un pintor del Renacimiento italiano.

–¡Cuánto sabes! –se admiró Víctor.

–Atender en clase da para mucho –suspiró ella.

Más allá del helicóptero ortopédico había un gran tirachinas unido a un mecanismo de compresión eléctrica y sujeto a un enorme muelle, totalmente comprimido. Recibía el nombre de «disparateur spatial» para llegar a la luna de golpe.

–¡Je! ¡Je! –rió Víctor–. No te mandará tan lejos, pero casi.

Pocos metros más adelante chocaron con una curiosa bicicleta que, en lugar de faro, tenía una especie de ojo de grandes dimensiones.

–¡Qué asco! –exclamó Víctor, hundiendo un dedo en el ojo, que era una bola de gelatina.

–En el cartel pone «machine d'espionnage» –leyó Byte–. Supongo que, al pedalear, se genera la energía necesaria para que funcione... –Byte se detuvo de repente–. Ahí, al fondo, hay ratas –añadió, señalando un charco a los pies del gran bulto en forma de huevo–. ¡Qué horror!

Víctor tiró de ella para que siguiera adelante.

Llegaron frente a una estantería en la que había diversos tipos de cascos. El intercommunicateur électrique consistía en un par de gorras de cuero con grandes orejeras acolchadas de las que nacían dos gruesas antenas metálicas unidas por un aro. A su lado se encontraba el viseur de nuit, que llamó la atención de Víctor. Consistía en un sombrero con una vela que, mediante un complicado juego de espejos, debía de proyectar la luz frente a quien lo llevaba. Se lo probó y el invento encajó perfectamente en su cabeza, así que se lo llevó puesto.

–¿Cómo funcionará? –preguntó Byte a su lado, inspeccionando un nuevo artilugio.

Víctor presionó uno de sus botones laterales y el artilugio, que así se llamaba una descomunal tetera de latón, empezó a hacer un estruendo insoportable.

–¡Qué horror! –exclamó Byte, apagándola.

El engranaje chirrió y la máquina se detuvo con grandes espasmos y nubes de humo azulado.

—Este tal Laffitte no debió de tener mucho éxito con sus inventos —supuso Víctor.

Continuaron su camino hacia la gran silueta pasando por delante de la machine du temps.

—Eso, ni tocarlo —advirtió Byte, levantando un dedo.

Y ahí estaba el enorme huevo de cobre anaranjado que habían visto al principio, cuyas ruedas dentadas eran más altas que Byte. Al rodearlo descubrieron en su parte delantera una gran barrena de hierro oxidado con profundos surcos en espiral. En su chapa metálica se podía leer en grandes letras doradas: perforateur.

—¿Entramos? —preguntó Víctor.

—Baja de ahí —le ordenó su hermana—. Antes, déjame ver cómo funciona.

Víctor se apeó de la carcasa mientras Byte abría la compuerta del motor.

—¡Vaya, vaya! —exclamó mientras hurgaba los mecanismos del monstruo mecánico—. Una turbina de media presión, cárter intermedio y rectificador. Parece un proyecto de turborreactor, pero... ¡Increíble! ¡Iba a vapor! —aseguró con la cara manchada de carbonilla—. ¡Eh! ¡Espérame!

Víctor siguió adentrándose por el pasillo, tras girar la curva a la derecha.

—Esto me gusta cada vez menos —murmuró Byte, mirando instintivamente hacia atrás. El perforateur parece un animal prehistórico en estado latente.

Víctor había llegado a una puertecita de madera con una ventana circular protegida por barrotes. El subterráneo terminaba ahí.

Byte vio un charco en el suelo. Trató de concentrarse en el ritmo lento de la gotera mientras Víctor examinaba la puerta, pero empezó a imaginar. Le pareció ver una gran mancha negra que se movía en el suelo, junto a los pies de su hermano.

–Probablemente sólo se trate de una peluda, asquerosa y maloliente rata de cloaca del tamaño de un enorme camión... –murmuró para tranquilizarse–. ¡Quién estuviera ahora en el caliente baño del Hôtel de Crillon, entre mullidas toallas y burbujas, y rociada con eau d'amour! –se pasó una mano por la frente mojada. Olía a todo menos a agua de colonia.

Víctor miraba de puntillas a través del sucio cristal del ventanuco. El interior de la habitación estaba muy oscuro. Revolvió entre los objetos que había en el suelo, cogió un adoquín y descargó un tremendo golpe en la cerradura de la puerta, que se partió en dos. El pomo saltó y la puerta se abrió lentamente, con un chirrido agudo, continuado y desagradable

–Necesitamos más luz –dijo, quitándose de la cabeza el viseur de nuit que aún llevaba puesto.

Inspeccionó uno de los bolsillos laterales del viseur, en el que se leía «allumettes» en letras bordadas, y sacó una cerilla, que encendió contra el muro rugoso del túnel. Gracias al juego de espejos, la luz se multiplicó como por arte de magia al prender la vela y Víctor se colocó de nuevo el sombrero en la cabeza.

–¿Qué piensas hacer? –preguntó Byte, que empezaba a ponerse nerviosa.

Al otro lado de la puerta, la luz del viseur alumbró un escritorio con varios artilugios. Entraron cautelosamente. Víctor puso las manos sobre uno de los objetos y lo levantó con cuidado. Tenía forma de trabuco, con cañón dorado y dos frascos de cristal llenos de líquido que se introducían en el canuto.

—Es una machine paralysatrice. —leyó Byte en la etiqueta del curioso artefacto.

—¿Y funciona?

Byte se encogió de hombros y cogió otro aparato. Parecía una caja de puros de la que nacían un altavoz en forma de trompeta plateada y una pequeña manivela.

—¿Qué es esto? ¿Un gramófono? —dijo.

—¿Un qué?

—Un gramófono —repitió Byte, poniendo los ojos en blanco—. Gra-mó-fo-no: un tocadiscos antiguo. Al darle cuerda la música suena... Pero en el cartel sólo pone «machine de la fraternité».

—¿Servirá para que las hermanas sean menos repelentes? —le preguntó Víctor, quitándole la máquina y haciendo rodar la manivela.

—Sí, seguro —asintió Byte—. Bueno, ¿nos vamos?

Víctor acercó la oreja al aparato, pero no oyó nada.

—¡Qué fracaso! —exclamó—. Esto no funciona, pero me gusta, me la llevo.

—Haz lo que quieras —dijo ella.

Fuera, las gotas seguían cayendo sobre el charco de agua con su ritmo lento y sosegado.

¡Plic! ¡Plic! ¡Plic!

Arriba, mucho más arriba, en la calle, seguía lloviendo.

En la penumbra del túnel, el olor a grasa y a humedad resultaba insoportable

A Byte le pareció que algo se movía detrás de la puerta entreabierta y agarró del hombro a su hermano.

–¿Qué ha sido eso? –se extrañó Víctor al ver el movimiento de una sombra en el interior del cuarto.

–¿Lo has visto? –dijo Byte inquieta.

–¿Yo...? ¿El qué?

–Algo... en la puerta...

–No, yo no... –susurró Víctor–. ¿Crees que...?

–¡Chssst! Hay alguien.

Víctor se agachó y enfocó al suelo. Tras la hoja de la puerta, abierta de par en par, se vislumbraba un bulto negro.

–¿Ves algo? –siseó su hermana.

–¡Chssst! –Víctor trataba de averiguar qué era aquello.

–Me ha parecido que... –cuchicheó Byte con una mueca de horror en la cara–. Dime que no es un fantasma, ¡dímelo!

–¡Chssst!

Víctor se giró hacia ella, para exigirle que se callara. A su espalda, la puerta de la pequeña y oscura habitación empezó a cerrarse muy despacio, silenciosamente. Byte abrió la boca y sus ojos se llenaron de terror. Levantó un dedo tembloroso y señaló por encima del hombro de su hermano.

Víctor se dio la vuelta, resbaló y cayó al suelo. Entre ellos y la puerta se levantaba una extraña, incierta y negra figura de aspecto infernal.

–No... no queríamos molestar –se excusó.

–No te ha oído –dijo Byte sin perder de vista a la tétrica aparición que, inmóvil como una estatua, cubría su cuerpo con una raída tela negra, que en otro tiempo fuera capa.

¡Plic! ¡Plic! ¡Plic!

Al otro lado de la puerta se seguía oyendo el acompasado martilleo de las gotas de agua cayendo en el pútrido charco.

–Ha sido un error que entráramos en su laboratorio, señor –insistió Víctor–. No está nada bien, de verdad, nada bien. Mereceríamos un castigo, un...

La sombra inclinó ligeramente la cabeza, como asintiendo, y siguió observándolos en silencio. Después se agachó hacia ellos. La luz del viseur de nuit se concentró en su rostro.

–¡Es... un... fan... tasma! –sopló Byte.

La figura se quitó la capucha que llevaba puesta, dejando al descubierto una calavera amarillenta. Las cuencas vacías estaban fijas en ellos y los miraban sin pestañear.

La escalofriante boca se abrió en una sonrisa atroz y silenciosa. Infinitos gusanos empezaron a resbalar por la mandíbula.

–¡Corre! –gritó Byte, cogiendo a su hermano del chubasquero.

Víctor se puso en pie como pudo y se zafó de las manos de la monstruosa aparición, que se alargaban hacia él. Esquivando al espectro de modo inexplicable, cruzaron la puerta y corrieron por la galería.

–¿Qué es eso? –chillaba Byte– ¡¿Qué es?!

–¡Yo qué sé! –gritó Víctor como respuesta–. ¡Pero nos está persiguiendo!

Al llegar frente al perforateur descubrieron, a la luz del viseur de nuit, que el túnel se dividía en dos.

–¡Por aquí! –señaló Víctor.

–¿Seguro? –dudó Byte, mirando a todos los lados, desorientada.

–¡Sí, al fondo está la salida!

Corrieron un buen trecho. El túnel seguía y seguía, sin rastro de las escaleras. Tan sólo había restos de maquinaria, cajas de cartón y sacos amontonados contra los muros.

–¡A esa puerta! –gritó Víctor.

–¡Está cerrada! ¡Víctor, eres un...!

¡Éste no es el túnel!

Víctor empujó a su hermana hacia un montón de hierros y se cubrieron con una lona. Se quedaron inmóviles entre el montón de hierrro, sin apenas respirar.

–Hemos de salir de aquí como sea –susurró Byte pasados varios segundos.

–¡Chssst! –exigió Víctor, que intentaba adivinar por dónde andaba el horrible esqueleto. Pero sólo le llegaban los chillidos de multitud de ratas excitadas por el alboroto. Dejó pasar todavía un minuto hasta convencerse de que todo volvía a estar en calma. Levantó lentamente la polvorienta lona y ajustó los espejos del viseur de nuit.

–¡Aghhh! –exclamaron a dúo.

La calavera los observaba a medio palmo de sus caras. En una fracción de segundo distinguieron cómo, en su nariz y en sus pómulos, empezaban a nacer pedazos de carne putrefacta que se alargaban y cobraban vida. La mano del esqueleto se acercó al pelo de Víctor.

–¡Aghhh!

De una patada, Víctor le echó la lona encima y salieron disparados hacia la salida, más allá del perforateur. Subieron los escalones de tres en tres y cruzaron el laboratorio. La luz de un relámpago iluminó los frascos multicolores de las estanterías.

Lograron salir a la calle y, a pesar de la intensa lluvia que les caía encima, de los negros nubarrones y de los rayos que partían el cielo, no descansaron hasta llegar empapados al Hôtel de Crillon.

¡Víctor, eres un inútil! (II)

Había anochecido. Miles de gotitas de lluvia resbalaban por los ventanales del hotel y multiplicaban las luces de la ciudad. El vestíbulo, abarrotado de gente, era un hervidero de risas, cuchicheos y apelativos cariñosos. Pero cuando Byte y Víctor cruzaron la puerta giratoria, todos enmudecieron.

En medio del incómodo silencio, Víctor avanzó un par de pasos, dubitativo. Se detuvo y miró de reojo a Byte, que no se atrevía a seguirlo. Bajo sus pies empezó a formarse un charco turbio.

–Papuchi, mira qué sucios... –dijo un niño vestido con un conjunto azul marino.

–No te acerques, Joshua Segundo– le aconsejó secamente su padre, protegiéndolo tras sus palos de golf. Era un caballero delgado y elegante, de fino bigote que aumentaba la frialdad de su rostro.

—Me estoy mareando... –terció una dama que tenía una nariz picuda.

Byte miró a su hermano. El aspecto de ambos no era el más adecuado para presentarse en un hotel de cinco estrellas. El lodo oscuro chorreaba de su ropa y cabellos, y empapaba la moqueta.

—¡This is... insultante! –chilló una voz conocida–. De haberlo sabido, no habría traído a Mylove a un lugar tan horrendo. ¡Que venga monsieur Champagne!

Lady Clearwater llamaba al director con voz de pito y brazo en alto, mientras que con el otro sostenía a su perro.

—Milady –le saludó el caballero de los palos de golf–, qué agradable sorpresa... Veo que acude un año más a nuestra cita.

—Oh, lord Joshua Pooposh... –se sorprendió la anciana–. Yes, he venido a la convención, pero... –añadió con una mirada siniestra a monsieur Champagne, que acababa de llegar– este hotel es cada vez más indecente.

—I'm sorry, milady, I'm sorry –se excusó el director–. No sé cómo habrán entrado estos golfos. Ahora lo arreglamos... ¡Armoire!

La puerta giratoria se puso en movimiento y al instante apareció el inmenso portero. Agarró a Byte con una mano y a Víctor con la otra y, sin mediar palabra, los arrastró hasta la calle, y allí los dejó.

A través de las puertas de cristal, los chicos contemplaron cómo el director se excusaba ante sus clientes y, muy especialmente, ante la vieja inglesa y el señor de los palos de golf:

–Perdonen las molestias... Les prometo que no habrá más mistakes, no más sucesos desagradables... Al fin y al cabo, han venido ustedes al mejor hotel de París.

Los clientes empezaron a circular hacia sus habitaciones con la cara pálida. Víctor y Byte contemplaban atónitos el panorama cuando la puerta volvió a girar y una luz deslumbrante los cegó. Al recobrar la visión se encontraron con un sonriente matrimonio japonés frente a ellos. El señor sostenía una cámara de fotos y les hacía continuas inclinaciones de cabeza. La mujer aplaudía nerviosa, como si pensara: «¡Qué espectáculo! Ya veréis cuando se lo cuente a la abuela Fotoyama».

Byte empezó a tiritar. La ropa mojada y fría se le pegaba al cuerpo. Miró a su hermano con cara de circunstancias. Entonces Étienne los llamó desde una ventana:

–¡Chssst! ¡Víctor! ¡Byte! ¡Entrad por la puerta de mercancías!

–Ni una palabra –susurró Byte–. No cuentes a nadie lo de esta tarde, ni a Étienne.

Víctor escondió la maquinita que había cogido del laboratorio machine debajo de su impermeable rojo y salió disparado hacia el callejón trasero.

–¿Estáis mal de la cabeza o qué? ¡Cómo se os ocurre presentaros en el Hôtel de Crillon con esta pinta...! ¡A la hora de la cena! ¡Vaya cara se os ha quedado! Parece como si hubierais visto un fantasma... Pero podéis estar tranquilos –los consoló al ver que se alarmaban–, monsieur Champagne no os ha reconocido. Pero, ¡ja!, hacía tiempo que no me reía tanto.

Subieron discretamente a sus habitaciones. Mientras Étienne se tumbaba en la cama, Víctor se encerró en el baño con el chubasquero y puso la máquina sobre el retrete. A los pocos minutos salió duchado y peinado, con el flequillo de punta. Byte seguía en su habitación. Víctor se acercó a la cama y se sentó en un borde, sin saber qué decir. Étienne bostezó y paseó los ojos por la habitación. Algo dentro del baño le llamó la atención.

–¿Qué es eso?

–¿Qué es qué? –disimuló Víctor, mientras se levantaba y cerraba la puerta del baño.

–¿Qué escondes ahí?

Víctor se mordió el labio con el diente roto.

–¿Esconder? ¿Yo...?

–¿Se puede saber qué te pasa?

–¡Que he visto un fantasma! –exclamó. Luego, temiendo que Byte pudiera oírlo, continuó en un susurro–. Un esqueleto... Y nos ha perseguido.

–¿Un fantasma? –se interesó Étienne–. ¿No sería un zombi? O un espectro... A diferencia de los fantasmas, los espectros no son necesariamente malos. Pero claro, si os persiguió...

–¿Qué...?

–Los espectros –explicó con grandes gestos– se aparecen inmóviles, rígidos y silenciosos. Son los fantasmas los que transitan y se mueven por el...

–Te estoy hablando en serio –lo interrumpió Víctor.

–Y yo. Lo leí en un libro de Pierre Riffard.

Se miraron a los ojos y Víctor continuó:

–Hemos encontrado un..., el taller abandonado de un inventor loco. En él había todo tipo de máquinas, vehículos, líquidos y... Bueno, había de todo. La cuestión es que, de repente, un esqueleto se ha levantado del suelo y ha empezado a perseguirnos... De verdad.

–¿Y lo del baño?

–¿Eso? Nada. Lo tenía en las manos cuando apareció el fantasma...

Alguien llamó a la puerta.

–Es Byte –dijo Víctor, levantándose de la cama–. Ni una palabra, ¿vale?

–Seré como una tumba etrusca.

Víctor lo miró extrañado mientras abría la puerta. La cara de Étienne cambió de repente.

Byte estaba en el umbral, limpia y arreglada como una princesa. Llevaba puesto el jersey naranja con frutitas verdes. La melena suelta, húmeda y ondulada. Había logrado colocar el mechón rebelde en su sitio y, a la luz de las bombillas, su pelo oscuro desprendía destellos dorados. Anduvo en silencio hasta el escritorio y se detuvo frente al espejo que colgaba de la pared. A sus espaldas, Étienne se levantó de la gran cama y se metió la camisa dentro del pantalón. Byte respiró profundamente y giró la cabeza. Su melena flotó en el aire como en un anuncio de champú.

–¿Dónde están mamá y papá? –preguntó, recolocando el dichoso mechón en su sitio.

–Pues... –dudó Víctor–. En su habitación, supongo.

–No. No contestan. Voy a llamar al conserje.

–Se llama Mohammed –la interrumpió Étienne diligente.

–Ya lo sé –sonrió Byte, mientras descolgaba el auricular–. ¿Mohammed? Soy mademoiselle Robles, de la 312. Quería saber si... ¡Ajá! Sí... De acuerdo. Enseguida bajo.

–¿Y bien? –inquirió Víctor al ver que se marchaba.

–Nada. Tú sigue con lo tuyo. Yo me encargo de todo, como siempre.

Byte cerró la puerta.

–Todo ha sido culpa de Víctor –se dijo ella mientras avanzaba por el pasillo–. Siempre tiene que meterse en líos. ¿Quién le mandaba entrar en aquella casa? Mira que se lo dije... Pero no, él tenía que entrar. Y ese esqueleto...

Al notar algo que le rozaba las piernas no pudo evitar dar un salto y refugiarse tras una de las armaduras.

–¡Ah! Eres tú, Mylove –sonrió aliviada–. Vaya susto me has dado.

Acercó una mano para acariciarlo, pero el pequinés empezó a gruñir.

–¡Qué estúpida soy! Mira que asustarme por un perrito... Y todo por eso del esqueleto. No sé... ¿Habrá sido sólo la emoción del momento? Leí en TT que el cerebro puede jugar malas pasadas...

Bajó en ascensor al vestíbulo y se abrió paso entre varios clientes hasta que llegó al mostrador. De puntillas, ofreció a Mohammed su sonrisa más luminosa.

–Hola, Mohammed. Soy mademoiselle Robles.

–Oui, señorita –le contestó el amable conserje mientras le tendía una nota de su madre–. Voilà.

—Merci —respondió Byte.

Luego leyó: «No os lo vais a creer: ¡Papá me lleva a Maxim's! Llegaremos tarde. Cenad en el restaurante e id a dormir pronto. Mañana nos espera un día duro: la convención. Un millón de besos. Mamá».

Dobló la nota cuidadosamente y levantó la vista para agradecer a Mohammed su amabilidad.

—Muchas... —las palabras murieron en sus labios al ver la cara del conserje. Sus ojos desorbitados observaban algo por encima de su cabeza. Byte se giró incrédula.

—¡Heeelp! —chillaba lady Clearwater, que bajaba los escalones de tres en tres. En una mano sostenía a su perro y con la otra se levantaba la falda de lentejuelas doradas para no tropezar. Sobre su cabeza, un inmenso abanico de plumas verdes y amarillas impedía distinguir qué había detrás.

A falta de unos veinte escalones, se torció el tobillo y cayó por las escaleras dando volteretas. En ese momento, todos vieron aparecer, bajando silenciosa y solemnemente, una de las armaduras del pasillo.

Su peto metálico brillaba de forma cegadora y en el gran escudo se reflejaban las caras atónitas de los clientes que se encontraban en el vestíbulo. Entre las ranuras del yelmo, dos penetrantes ojos rojos perforaron a Byte. «Víctor, esta vez te estás pasando», dijo ella.

—¡Heeelp! —repitió la histérica mujer, levantándose del suelo—. ¡¿Es que nadie va a salvarme?!

Armoire, el portero de dos metros, irrumpió en el recibidor. Avanzó velozmente y se plantó al pie de la escalera. La anciana se refugió tras él y empezó a chillarle al oído.

–¡Socorro! ¡Quiere cortarme la cabeza! –aulló al ver que la armadura empuñaba la espada.

Armoire le dio un ligero codazo y la mujer cayó redonda al suelo. Su perro soltó una ristra de ladridos agudos y se refugió en el bolso de su ama. El caballero de la armadura seguía bajando ceremoniosamente. Una estúpida sonrisa apareció en el prominente mentón de Armoire.

–¡Eh, tú, quien seas! –gritó–. ¡Será mejor que dejes de hacer el payaso!

Los clientes se escondieron bajo las mesas y detrás de los muebles. Armoire buscaba algo para hacer frente a la armadura. Cogió uno de los sofisticados zapatos de aguja de lady Clearwater y lo levantó amenazante. La armadura desenvainó su espada, que desprendió un brillo multicolor, y la elevó con ambas manos por encima de su cabeza. Varios curiosos se asomaron para ver cómo acababa el duelo. Byte pestañeaba nerviosamente.

Armoire lanzó el zapato. El proyectil voló en una parábola perfecta, rotando velozmente sobre sí mismo. Los ojos de todos los presentes siguieron su trazado aéreo.

–¡Qué puntería!

–Va a perforarle el cráneo...

Pero el zapato atravesó el yelmo reluciente sin hacer ruido, sin rebotar, y siguió volando hasta clavarse en el cuadro cubista que había detrás. Sin inmutarse, la armadura descendió los últimos peldaños.

Armoire se había quedado petrificado. Lentamente, levantó el dedo índice y lo acercó al brillante acero de la armadura. Su dedo se hundió en el metal como si fuera humo.

—¡Es un fantasma! —aulló. Su sólido mentón se desencajó y su cuerpo empezó a temblar.

Todos los clientes que estaban en el vestíbulo del hotel estallaron en una locura colectiva. Salieron chillando de sus escondites y trataron de escapar en todas direcciones. La puerta giratoria se atascó, las mesas se cayeron y muchas sillas se hicieron añicos. La vieja con nariz picuda se subió a un ficus. El tronco se dobló y la señora se empotró contra uno de los ventanales. Una grieta recorrió el cristal de arriba abajo y de derecha a izquierda. La mujer retiró la nariz del agujero y el cristal estalló en mil pedacitos brillantes que se desparramaron por el suelo.

Byte saltó detrás del mostrador y permaneció oculta, rezando para que todo acabara de una vez. Mohammed se puso a su lado en cuclillas y trató de consolarla.

—No se preocupe, mademoiselle. Ya verá cómo Armoire...

No pudo acabar la frase porque el portero aterrizó sobre él, pálido y desencajado. Escondió la cabeza entre las manos y rompió a llorar desconsoladamente.

—¡¡Buaaa!!

Byte se incorporó para ver qué sucedía en el vestíbulo.

—¡Ah! —se sobresaltó. Una legión de armaduras bajaba por las escaleras en formación triangular, blandiendo espadas, cachiporras erizadas de clavos y hachas de dos filos.

La puerta del comedor se abrió y apareció Joshua Segundo relamiendo un cremoso helado de chocolate. Al poner un pie en el vestíbulo resbaló con los cristales y empezó a deslizarse por la gran sala, luchando por no perder el equilibrio, pero al fin cayó al suelo. El helado salió disparado hacia el techo, cayó sobre su cabeza y empezó a resbalarle por la rubia pelambrera. Joshua Segundo se miró las manos, llenas de cortes por los cristales, y empezó a llorar. Las armaduras giraron en perfecta formación y se dirigieron marcialmente hacia él con las armas en alto.

Lord Pooposh salía en ese momento del comedor, hurgándose entre los dientes con un palillo de oro. Llevaba su mejor palo de golf a modo de bastón.

–¡Por todos los…! –exclamó al ver el panorama.

Cruzó el recibidor a grandes zancadas y se plantó tras la primera armadura, que alargaba su mano férrea hacia el niño. Asentó los pies en el suelo, empuñando el palo del 9 con ambas manos, e inició un swing soberbio. El palo cortó el aire con un agudo silbido, pero en lugar de impactar contra los pies de la armadura y derribarla, se estampó en el trasero de su hijo con tal violencia, que el niño salió despedido contra la cristalera de la entrada que se hizo añicos volando por el ventanal roto y se perdió en la oscuridad de la noche parisina. Su grito se hizo más y más débil a medida que se alejaba del hotel.

–¡Joshua Segundo! –gritó el padre desconsolado, lanzando el palo al aire y corriendo tras su hijo.

El palo dio varias vueltas en el aire hasta que se enredó en la cadena de la gran lámpara. Se oyó un ruido apagado. Byte levantó los ojos y vio que el cable se estaba desprendiendo del techo. Los cristales de la gran araña empezaron a repicar como campanillas.

–¡Oh, no! –musitó.

Las armaduras alzaron la cabeza y se levantaron la visera del yelmo. La lámpara iba a caer de un momento a otro.

–¡Clearwater! –gritó Byte al ver a la anciana desmayada bajo la gran lámpara.

Corrió hacia ella, la cogió por un brazo y la arrastró hasta las escaleras. Las armaduras seguían mirando al techo. El cable cedió otro poquito. Un gemido agudo y lloroso salió del bolso de lady Clearwater, olvidado en el centro del vestíbulo.

–¡Mylove!

Su grito quedó sepultado por el estruendo de la lámpara al caer sobre el suelo de mármol reluciente.

–¿Mylove?

Un riachuelo de sangre empezó a fluir por la abertura del bolso, bajo los pesados hierros y cristales de la lámpara.

Las armaduras clavaron sus ojos en Byte. Llevaban la visera levantada y, dentro del yelmo, chispeaban dos puntos rojos. Byte corrió escaleras arriba. El escuadrón pasó por encima de la lámpara, del bolso y de lady Clearwater. Ella subió velozmente y llegó sin aliento a la habitación de su hermano. Se puso a aporrear la puerta con furia, pero nadie abrió.

Se dejó caer al suelo y empezó a llorar desconsoladamente, esperando a las armaduras.

Nada.

Con los ojos cerrados aún, aguzó el oído.

Nada. Volvía a reinar la calma. Se levantó temblorosa y trató de girar el pomo. Estaba abierto. Se escurrió al interior de la 313, cerró la puerta con el pestillo y echó todos los cerrojos.

Víctor y Étienne, pálidos e inconscientes, estaban tumbados en la cama. En la habitación, sólo la máquina de Laffitte permanecía intacta sobre la mesa del escritorio.

Byte trató de reanimar a Víctor dándole cachetes en la mejilla. Fue a buscar un vaso de agua para que se lo bebiera y, como no reaccionaba, se lo echó encima.

–¡Achís! –estornudó–. ¿Qué demonios era eso...?

–¿Qué demonios era qué? –se apresuró a preguntar la chica.

–No sé... Como un fantasma que ha salido de la cama... Me parece.

–Era un fantasma... –tembló Étienne, que acababa de recuperar la conciencia–. Un fantasma de verdad.

–¿Vosotros también...? –se sobresaltó Byte.

–¡Qué pasada! –exclamó Víctor–. La segunda vez en un día.

–Aquí ocurre algo muy raro –concluyó Byte, frunciendo el ceño.

Étienne miró la máquina. Lentamente, Byte y Víctor se volvieron hacia el invento.

–¿Habéis...? ¿Le habéis dado a la manivela? –preguntó Byte.

–Casi no... –contestó Víctor.

–O sea, que sí... –tradujo ella–. Y en el laboratorio de Laffitte, ¿le diste?

–Pues no recuerdo, pero..., me temo que sí –Víctor se mordió el labio.

–¿Creéis que la máquina...?

–¿Atrae fan... fantasmas? –tartamudeó Étienne.

–Si quieres, puedo volver a... –propuso Víctor, cogiendo la manivela.

–¡Nooo! –chilló Étienne.

–¡Oh, Víctor, eres un inútil! ¡Un inútil!

Un relámpago iluminó la habitación. El trueno estalló a los pocos segundos; era como si bombardearan París.

Una reunión de lo más secreta

Cuando el eco del trueno se extinguió, la sala del consejo del edificio Trouton, a las afueras de la ciudad, quedó sumida en el más profundo de los silencios.

Era una estancia redonda, cubierta por una cúpula blanca esmaltada. Una descomunal estrella de mármol rojizo adornaba el suelo. Tres de sus nueve puntas, la primera, la cuarta y la séptima, eran más oscuras y dibujaban una T morada, el emblema de la corporación. En el extremo de cada una de las puntas se levantaba un magnífico sillón, los nueve sillones de los consejeros de Trouton Recherche Scientifique. Y el sillón erigido al pie del emblema, sobre la primera de las puntas, era más deslumbrante, más sobrecogedor y más imponente que los demás. En él se sentaba el presidente.

A juzgar por el silencio, nadie hubiese dicho que los sillones estaban ocupados. Pero así era. Los nueve consejeros, presididos por el mismísimo Charles-Auguste Trouton, esperaban inmóviles que llegara la hora de iniciar la sesión extraordinaria de ese viernes por la noche.

Transcurrieron unos segundos tensos hasta que, al fin, monsieur Trouton empezó a barajar las cartas que sostenía entre sus manos. A esa señal, los demás consejeros se incorporaron en sus butacas, ansiosos por conocer qué asunto de suma importancia había motivado aquella reunión misteriosa y repentina.

Monsieur Rapport pasó lista.

–Monsieur Bagarre –dijo–, consejero número nueve, jefe de personal.

–Presente –contestó un hombre con ojos saltones y dientes de conejo, que se esforzaban por escapar de su boca.

–Monsieur Affiche, consejero número ocho, director de comunicación.

–Presente.

–Madame Fouché, consejera honoraria número siete, directora de investigación.

–Presente –respondió una mujer mayor, de pelo blanco recogido en un moño y grandes gafas de concha. Sólo había tres consejeros honorarios en la empresa, ella, Flammarion y Trouton. Por eso su sillón estaba sobre una de las tres puntas oscuras que formaban la T.

–Monsieur Danton, consejero número seis, jefe de experimentos.

–Presente.

–Monsieur Robespierre, consejero número cinco, jefe de seguridad.

–Presente.

–Monsieur Flammarion, consejero honorario número cuatro, director de proyectos.

–Presente –contestó fríamente Sevère Flammarion mientras sacaba brillo a su gemelo izquierdo.

–Monsieur Million, consejero número tres, director financiero.

–Presente –respondió en un susurro un hombre escuálido y encorvado, frotándose las manos húmedas de sudor.

–Monsieur Rapport, consejero número dos, secretario del consejo. Presente –respondió él mismo.

Dejó pasar unos segundos y terminó la enumeración.

–Monsieur Trouton, consejero delegado, presidente general de Trouton Recherche Scientifique.

–Presente –dijo una voz seca.

Trouton era un hombre bajo, redondo, de piel gris pálida, casi incolora. Vestía con chaleco, botines y guantes. Jamás se presentaba a ningún sitio sin una baraja de cartas, con la que se distraía y a la que prestaba más atención que a lo que ocurría a su alrededor. Pocas veces salía a la luz del sol y, cuando lo hacía, se cubría la cabeza con un sombrero de fieltro y se protegía los ojos con gafas oscuras.

–Queridos amigos –dijo Trouton con su voz ronca y monocorde mientras barajaba los naipes–, se preguntarán el porqué de esta reunión. Pues bien, tenemos que tomar una decisión importante para nuestra empresa, para Francia, para el mundo y, sobre todo, para nosotros mismos. Pero antes, nuestro amigo monsieur Flammarion les pondrá en antecedentes.

El director de proyectos hizo una mueca de satisfacción. Los consejeros vieron cómo se levantaba y se abrochaba el primer botón de la americana.

–Lo que les voy a relatar –empezó– lo oí hace pocos días en una conferencia en el Auditorio de Montmartre. El ponente era un anciano profesor llamado Ragueneau.

A continuación, reprodujo casi textualmente la conferencia sobre Laffitte y su extraño laboratorio. Los consejeros lo escucharon con creciente interés. Al finalizar la historia, Sèvère Flammarion añadió:

–Acompañé al profesor a su casa y por el camino le pregunté si estaba dispuesto a trabajar para Trouton. Respondió que sería un placer.

–Y, ahora –concluyó monsieur Trouton–, nos toca a nosotros decidir. ¿Vamos a financiar la búsqueda de ese misterioso laboratorio?

–Ese laboratorio –explicó Flammarion– sería una mina de oro para Trouton Recherche Scientifique. Piensen en esa machine de la fraternité, en los efectos devastadores que tuvo para ese desgraciado. En él puede haber cientos... ¡miles! de inventos como ése esperando a ser explotados. O lo hacemos nosotros o...

–¡Ni hablar! –replicó monsieur Million, con la frente perlada por finas gotitas de sudor–. Trouton no está en un buen momento económico y esa inversión podría ser la ruina.

–Sería el proyecto más rentable de Trouton –le respondió Bagarre, volviendo sus ojos alocados hacia Million–. Requiere un solo trabajador...

–¡Un trabajador y mil permisos para perforar la ciudad! –terció Robespierre acalorado–. ¿Es que no lo han oído? Parece ser que el dichoso laboratorio está bajo tierra.

–¡Una revolución! –exclamó Affiche.

–Demasiado arriesgado... –reflexionó Danton.

–No sabemos ni si existe realmente... –intervino tímidamente madame Fouché–. Podríamos estar invirtiendo en un cuento de hadas...

–¡Sus relámpagos sí son un cuento! –acusó Flammarion a madame Fouché.

–El problema –repitió Million– es que no hay dinero que invertir...

–¡Sí lo hay! –gritó Flammarion, que seguía de pie en medio de la sala–. Mi propuesta es simple. Desviemos los fondos de la investigación de madame Fouché sobre los rayos a la búsqueda del laboratorio de Laffitte.

–Consejeros –dijo Trouton sin levantar la voz un decibelio–. Me parece que no se han dado cuenta de cuáles son las cartas que barajamos.

Hablaba con la mirada baja, fija en las cartas que sostenía. Descubrió con calma la primera del montón. El as de diamantes. Lo puso a un lado y siguió removiendo las demás cartas.

–Llevamos más de tres meses tratando de almacenar la energía de los rayos, sin obtener resultado alguno –enarcó una ceja y con el ojo derecho perforó a la doctora Fouché, que bajó la vista avergonzada–. Su proyecto, querida, ha consumido ya todos los beneficios que generó nuestra fábrica de comida sintética de Texas, antes de que el Tribunal Federal la cerrara. Como presidente y consejero delegado, he decidido que esto no puede seguir así.

–Estamos a punto de dar con algo... superior –musitó la doctora Fouché–. Sólo un poco de paciencia y...

–¡Ya hemos tenido suficiente paciencia! –gritó Flammarion–. Eso de los rayos no es más que una...

–Calma, calma –intervino Rapport al ver que los nervios se crispaban de nuevo–. Lo que aquí se debate es muy serio... Debemos dejar a un lado las ambiciones personales.

–En esta sala no hay más que una persona ambiciosa –masculló Flammarion con los ojos encendidos.

Fouché no abrió la boca. Un silencio tenso se adueñó de la sala del consejo. Charles-Auguste Trouton dejó de remover la baraja, acarició la carta superior y notó un cosquilleo inequívoco en las yemas. La volteó. El as de picas. Sin dejar de mirarla, propuso:

–Se procederá a una votación.

Rapport se puso en pie y tomó la palabra.

–Como secretario de este consejo y, de acuerdo con el presidente, declaro convocada la votación acerca del proyecto Laffitte. Quienes consideren oportuno emprender la búsqueda del laboratorio y usar sus inventos en beneficio de la empresa, que den luz verde al proyecto. Quienes no lo consideren oportuno, que den luz roja. No caben abstenciones –aspiró profundamente antes de continuar–. Pongan sus sillones en posición y, al oír su nombre, voten.

Los consejeros, a excepción del presidente, deslizaron un dedo por la pantalla de cristal líquido situada en el apoyabrazos derecho y sus sillones se giraron de cara a la pared.

Sólo Trouton permaneció de cara, con un ojo fijo en sus naipes y el otro puesto en la gran baldosa estrellada, que había mudado su color de rojo a marfil. Las votaciones en Trouton Recherche Scientifique eran así: secretas para todo el mundo excepto para Charles-Auguste Trouton.

–Monsieur Bagarre –dijo Rapport.

Con la mano ligeramente temblorosa, el hombre de ojos saltones dibujó un símbolo afirmativo sobre la pantalla táctil. Al instante, la punta de la estrella sobre la que se alzaba su sillón se tiñó de verde y una sonrisa malévola afloró a los labios de Charles-Auguste Trouton. ¡Ding! Un agradable sonido electrónico indicó que se había emitido el primer voto.

–Monsieur Affiche.

Affiche se pasó la mano callosa por el pelo y se echó el bisoñé hacia atrás. Bajó el brazo, puso sus dedos sobre la pantalla y pensó unos segundos.

Trouton vio con satisfacción que otra de las puntas se ponía verde. ¡Ding! Se oyó la señal electrónica.

–Madame Fouché.

Sin dudarlo un instante, la mujer dibujó una equis sobre la pantalla táctil y, acto seguido, la séptima punta de la estrella se puso roja como la sangre.

–Monsieur Danton.

Danton se mordió la lengua, indeciso. Su índice se desplazó inseguro sobre la pantalla y, lentamente, el rojo tiñó la sexta punta de la estrella. ¡Ding!

–Monsieur Robespierre.

Rojo.

Trouton entrecerró lo ojos al ver de manifiesto la negativa al nuevo proyecto.

–Monsieur Flammarion.

Flammarion aspiró profundamente, preguntándose cuál sería el estado de la votación. Los agujeros de su nariz se dilataron y sus pupilas se desplazaron al extremo de sus cuencas para atisbar a la doctora Fouché. Cerró el puño del que sobresalió el dedo indice como una flecha, y dibujó un signo afirmativo sobre la pantalla.

Una nueva punta verde dejó la votación en empate.

–Monsieur Million.

El tesorero de la compañía se secó la frente con su manga derecha y se aflojó el cuello de la camisa para tragar saliva con mayor fluidez. Desplazó el dedo sobre el cristal, dejando un rastro húmedo en forma de equis. Su punta se tiñó de rojo. ¡Ding!

–Monsieur Rapport –se anunció Rapport a sí mismo.

Tras pronunciar estas palabras, situó una uña sobre la pantalla. La mantuvo unos instantes inmóvil, en medio de la superficie. Al fin, con gesto decidido, trazó una uve y la segunda punta de la estrella se puso verde.

–Monsieur Trouton –dijo cuando se hubo extinguido el sonido electrónico.

Trouton se tomó su tiempo. Sin dejar de remover los naipes paseó su mirada por las ocho puntas coloreadas de la gran baldosa. Cuatro consejeros, entre ellos la doctora Fouché, habían votado en contra. Otros cuatro, liderados por el brillante Flammarion, ansiaban esos inventos.

Su voto era decisivo.

–Hace cuarenta y nueve años –empezó a decir, arrellanándose en el sillón y dejando de barajar los naipes– puse en marcha un pequeño proyecto. A lo largo de mi vida he tenido que superar muchas dificultades y derribar a todo el que se cruzara en mi camino. Jamás me he detenido ante nada ni ante nadie. No veo por qué debería hacerlo ahora –volvió a centrar su atención en la baraja–. ¿Tenemos poco dinero? Pues hay que conseguir más. Y si existe un lugar en esta ciudad de donde pueda sacarse, les aseguro que Charles-Auguste Trouton dará con él.

Notó el cosquilleo. Satisfecho, volvió a rozar la carta superior y concluyó que no podía equivocarse: ésa era la carta. La destapó con placer y la unió a las otras dos. El as de corazones.

Trouton apoyó su mano sobre el cristal líquido. Dibujó un signo imperceptible con su dedo arrugado y la primera punta de la estrella, la única que permanecía de color marfil, cambió de color.

Charles-Auguste Trouton cerró los ojos. Los demás consejeros, de cara a la pared esmaltada, esperaban a que la voz electrónica anunciara el resultado final. La doctora Fouché musitaba unas palabras inaudibles, Flammarion respiraba sonoramente por los agujeros dilatados de su nariz y Million se secaba la frente con un pañuelo sucio y mal doblado.

–La voluntad del consejo ha sido expresada –sentenció la voz de la sala del consejo–. Luz verde al proyecto Laffitte.

La gran baldosa estrellada recuperó su aspecto inicial, color rojo con tres puntas moradas. Los sillones se giraron automáticamente y los consejeros se miraron en silencio. Nadie, excepto Trouton, sabía qué habían votado los demás. Así eran las votaciones en Trouton.

–Madame et messieurs –concluyó el presidente, guardando el trío de ases en el bolsillo interior de su americana–, hay que dar con ese laboratorio. No importa cómo lo hagan, qué medios utilicen, qué delitos cometan, a quién engañen, sobornen o coarten. Pero... –hizo una pausa para oler la orquídea que llevaba en el ojal de la americana– quiero que lo encuentren de inmediato.

Byte toma las riendas

Byte se revolvía entre las sábanas. Sus padres habían vuelto de Maxim's y dormían en la habitación contigua. Los ronquidos del señor Robles atravesaban la pared. Pero, para ella, el día había sido demasiado movido. Se levantó de la cama y fue hacia la ventana. París. La ciudad estaba espléndida. Las oscuras siluetas de los edificios se recortaban sobre un cielo anaranjado. A un lado, los campanarios de NotreDame y, al otro, el aguijón de la Torre Eiffel.

–Tenemos que averiguar qué demonios pasa con esa máquina... Porque lo de los fantasmas... No sé. ¿Y quién sería ese maldito Laffitte? –se estremeció–. Debía de ser un malvado..., un villano, un monstruo... ¡Qué estúpida soy! ¿Por qué me asusto?

Multitud de lucecitas blancas, naranjas y verdes destellaban a sus pies. Byte se fijó en un puntito que se movía a lo lejos. Parecía dirigirse hacia ella. Poco a poco, la luz se desdobló hasta convertirse en dos faros que cruzaron el Puente de la Concordia. Le llegó el ruido apagado de un motor y vio que una furgoneta negra frenaba en la puerta del hotel. Llevaba una T violeta en el capó.

–Trouton... –suspiró Byte con cara de ensueño–. Algún día visitaré esa empresa...

Alguien se apeó del vehículo y abrió el maletero. Sacó una caja con la T violeta y se la dio a monsieur Champagne, que la recibió con una profunda inclinación. El empleado se subió al vehículo, puso el motor en marcha y regresó por donde había venido. Monsieur Champagne destapó la caja y sonrió satisfecho.

–¿De qué se tratará? –murmuró Byte. Algo semejante a un hocico asomó por la abertura de la caja.

Apoyó suavemente su frente contra el cristal de la ventana y cerró los ojos. Podía imaginarse al mismísimo Charles-Auguste Trouton dándole la bienvenida y extendiendo una alfombra roja bajo sus pies.

Descolgó el teléfono. Marcó el número 313 y esperó unos segundos. Nadie respondía, así que colgó y volvió a llamar. A la tercera, su hermano cogió el aparato.

–¿Víctor? –preguntó nerviosa.

–¿Mmm...? –respondió entre sueños–. ¡Ah!, eres tú... ¿Qué quieres a estas horas?

–Cuéntame exactamente qué ha pasado.

–¿Qué ha pasado cuándo?

–Cuando he bajado al vestíbulo.

–¿Otra vez? –se quejó él–. Ya te lo he contado, déjame dormir...

–No –respondió la muchacha con decisión–. Tenemos que hacer un plan sin falta y necesito disponer de toda la información.

–¿Un plan? ¿A las tres de la madrugada?

–Deja de quejarte y cuéntamelo de una vez, ¿quieres?

–Vale, vale... –resopló Víctor. Dejó pasar unos segundos y empezó sin muchas ganas–. Étienne vio la máquina. Yo tuve que contarle lo del laboratorio y el esqueleto...

–Genial, como habíamos quedado.

–Luego íbamos a desmontarla –continuó Víctor sin hacerle caso–, pero, sin querer, le di a la manivela...

–¿Sin querer...? Ya.

Víctor no contestó.

–¿Y...? –preguntó Byte.

–Bueno, lo del fantasma –respondió con indiferencia.

–Lo dices como si nada. Seguro que te llevaste un susto de muerte.

–¡Bah! Tampoco tanto.

–No te hagas el valiente.

–¿Qué pasa? Es la verdad.

–No. La verdad es que se lo contaste todo para presumir y, ahora, quieres que yo me trague que no te has asustado.

–Para que te enteres, doña sabelotodo, no me asusté. La sábana de la cama se levantó como si fuera un fantasma y Étienne se desmayó. Yo me abalancé sobre esa cosa, pero se esfumó. Empecé a revolver las sábanas, pero ni rastro del fantasma. Y no recuerdo nada más... A lo mejor me golpeé la cabeza...

–O te desmayaste, como Étienne.

–Te estoy diciendo que no.

–¡Y yo digo que sí!

–¡Que no!

–¡Quién sabe!

Víctor colgó el teléfono mosqueado. Volvió a meterse en la cama y un escalofrío le recorrió la espalda. Por un momento se había imaginado que la sábana se elevaba sobre el colchón y que dos ojos chispeantes lo perforaban de nuevo. De una patada envió las sábanas al tresillo fucsia que estaba en la otra punta de la habitación.

–Es un embustero –reflexionó Byte en su habitación–. ¿Qué pretende?

Pasó unos minutos en silencio, tumbada en la cama. Tenía las manos entrelazadas en la nuca y los ojos fijos en el techo. No conseguía dejar su mente en blanco. Demasiadas emociones para una tarde.

–Esa máquina... Étienne cree que atrae a los fantasmas... Víctor, como siempre, piensa que se trata de un juego... Y yo... A mí me parece que hay algo diabólico. No –continuó después de pensárselo unos segundos–, diabólico, no. Es tecnología. Tiene que ser tecnología. Como unos hologramas 3D que...

Se incorporó de repente con la cara iluminada. Su cerebro había dibujado un plan perfecto.

–¡Bravo, Laffitte! –exclamó–. Tu máquina fantasmal será mi llave de acceso a Trouton.

Se calzó las zapatillas y salió en pijama al pasillo. Avanzó los pocos metros de moqueta que separaban su puerta de la de Víctor y llamó con suavidad.

–Vamos, Víctor –murmuró–. Abre la maldita puerta...

Byte enmudeció. El sonido del ascensor la puso en guardia. Se acurrucó en el hueco de la puerta y permaneció en silencio. Después de vacilar unos instantes, asomó la cabeza. Al fondo del pasillo, lady Clearwater andaba a gatas, husmeando a derecha e izquierda. Le pareció que murmuraba algo.

Iba embutida en un batín de seda de colores chillones, naranjas y azules. Tenía el pelo lleno de rulos y la cara cubierta por una mascarilla de color verde. En los pies llevaba unas zapatillas peludas con forma de perro.

La aristócrata avanzaba lentamente por el pasillo y empujaba la cajita que monsieur Champagne había recibido minutos antes, registrando todos los rincones. Byte no sabía qué hacer. Al verla más de cerca, distinguió que el estampado de su batín no era otra cosa que huesos de diferentes tamaños y tonos. Aguzando el oído logró distinguir los murmullos de la mujer.

–¡Mylove! –lloraba con voz desgarrada–. ¿Dónde estás, cuchi-cuchi? Ven con mamaíta... Come on, sweetheart. Cuchi-cuchi-cuchi...

–Pobre vieja –susurró para sí–. La muerte de su perro la ha vuelto definitivamente loca.

–¡Guau! –oyó Byte de repente–. ¡Guau! ¡Guau! ¡Guau!

Una bolita de pelo gris recorrió velozmente el pasillo, lanzando una sucesión de ladridos, como los silbidos de un muñeco infantil. Byte casi se desmaya. El perro aplastado por la gran araña del vestíbulo corría alegremente hacia su dueña, vivito y coleando.

–Pero, ¿qué...? ¿Cómo es posible? –se extrañó Byte.

Lady Clearwater recibió a su mascota como si se tratara de su hijo.

–¡Ay mi cuchi-cuchi-cuchi-cuchi! No sabes cómo te ha echado de menos tu mami. ¡Snif! –cogió a Mylove y se fundió con él en un abrazo histórico. Entró en el ascensor y, mientras se cerraban las puertas, Byte observó que la vieja estrujaba a su minúsculo pequinés.

Tardó unos segundos en reaccionar. Finalmente se puso en pie y empezó a golpear histérica la puerta de la 313. Víctor abrió con cara de sonámbulo.

–¿Se puede saber...?

–Cállate, tengo que pensar –respondió Byte tajante.

–Pues piensa en tu habitación –sugirió él, cerrando.

–No, tonto –dijo ella, metiendo el pie para que Víctor no pudiera cerrar–. Tenemos que pensar juntos.

–Eso no va conmigo.

–¡Que sí!

–¡Pfff! –resopló Víctor, dándose por vencido.

Byte empujó la puerta, entró en la habitación y se sentó en el sofá. Entrecruzó los dedos frente a su boca y estuvo unos segundos concentrada en sus pensamientos, hasta que el mechón rebelde cayó sobre su nariz. Levantó la cabeza y se arregló el pelo.

–No te lo vas a creer –dijo Byte–. ¿Sabes quién estaba en el pasillo? La Clearwater. Andaba a gatas buscando algo por todos los rincones. ¿Y sabes qué buscaba?

–No.

–Su perro. ¡Y lo ha encontrado!

–Prodigioso –respondió él mientras se tumbaba en la cama.

–¿No te das cuenta? –se irritó su hermana–. Esta misma tarde he visto a ese mismo perro morir en el mismísimo vestíbulo.

–Ya.

–¿No te parece raro?

–A las tres y media de la madrugada todo me parece raro –respondió Víctor con un bostezo.

Permanecieron en silencio unos segundos. A Víctor se le cerraban los párpados. Byte se levantó del tresillo fucsia y se dirigió a la ventana. Miles de lucecitas blancas, naranjas y verdes seguían moteando París.

–Ya sé qué vamos a hacer –dijo al fin, con la mirada en el cielo anaranjado–. Mañana investigaremos el caso. Tú y Étienne iréis a la biblioteca más grande de París y buscaréis información sobre ese..., ¿cómo se llamaba?

–Laffitte... –susurró Víctor.

–Eso, Laffitte. Pues vais y buscáis cualquier cosa sobre Laffitte y sus inventos. Yo me quedaré custodiando la máquina, hablaré con papá y mamá, y buscaré información online. Puede que alguno de los tres dé con algo interesante. ¿Entendido?

Byte se dio la vuelta. Su hermano dormía plácidamente, desparramado sobre la cama.

En sus sueños, el equipo del colegio lo levantaba en hombros para celebrar un golazo que había marcado por la escuadra. Sonrió estúpidamente y una baba asomó por la comisura de sus labios. Tras un profundo suspiro, se metió el dedo gordo en la boca. Byte recogió las sábanas del tresillo y lo arropó.

–Decididamente, quitármelos de encima será lo más apropiado si quiero visitar Trouton...

Un plan sencillo

Byte fue la primera en llegar al comedor para tomar el desayuno.

Había dormido poco, pero aun así se encontraba fresca como una rosa. Lució su sonrisa entre las mesas de manteles rosados. Se acercó a la barra del bufé y, después de examinar lo que había, escogió un par de tostadas de pan integral con margarina.

–Bonjour, mademoiselle –la saludó un joven camarero.

–Buenos días –respondió ella, sonrojándose como una amapola. Se rascó el oído modosita y se alejó a saltitos hacia una mesa vacía. Dejó el plato y se sentó para esperar a Víctor. Como tardaba, se levantó y empezó a curiosear. En una mesa, junto a los cubiertos y platitos limpios, había un montoncito de tarjetas del hotel.

–Hôtel de Crillon –leyó–. 10, Plaza de la Concordia.

–¡Byte! ¿En qué mesa...?

Víctor había bajado al fin. Sostenía una bandeja llena de cereales, cruasanes de chocolate y pastas de crema, a la espera de que Byte le indicara dónde sentarse.

–Ahí –señaló ella, corriendo a su lado.

El desayuno transcurrió apaciblemente hasta que Byte se decidió a poner en marcha su plan.

–Bueno, Víctor, ¿recuerdas lo que discutimos ayer?

–¿Ayer? Vagamente...

–Hicimos un plan.

–Ah, sí... –dijo, mordiendo el cuerno de un cruasán. El chocolate se derramó por la otra punta del bollo–. Un plan. ¿Y de qué iba?

–¡Ay! –suspiró ella–. Mira, te lo escribiré.

Byte puso la tarjeta del hotel sobre la mesa, bocabajo, y empezó a escribir.

–Víctor y Étienne –explicaba esquematizando el plan–: biblioteca. Buscan información: ¿quién es Laffitte? Byte: hotel. Convence papás. Guarda máquina. Busca en Internet. Reunión: a las 13:00 horas en esta mesa del comedor. ¿Está claro?

–Clarísimo –dijo Víctor.

–Venga, ponte a trabajar.

–¡Ufff! –suspiró Víctor–. ¡Qué buen desayuno! Voy a por Étienne y...

–Perfecto –sonrió Byte a su hermano, que se alejó rápidamente–. Perfecto –repitió para sí–. Y, ahora, que ya me he librado de mi hermano...

En la habitación de sus padres reinaban el estrés y las prisas.

–¡Ágata! –gritaba el señor Robles–. ¡Mi pajarita! ¿Dónde la dejé?

Su mujer no le prestaba la más mínima atención. Sentada frente al espejo, reflexionaba en voz alta sobre su look.

–¿En qué película lo vi? ¡Ay, nunca recuerdo los títulos! Salía una baronesa deslumbrante que seducía a París con su peinado. Creo que llevaba el moño así... –decía, uniendo todo su cabello en una bola desordenada.

Byte entró sin que se dieran cuenta y los observó desde un rincón. Su cerebro buscaba la mejor forma de abordar el asunto: convencerlos de que ni ella ni Víctor los acompañarían a la convención.

–Aunque, bien mirado... –su madre se soltó la melena y empezó a moldearla de nuevo–, lo que ahora se lleva es más bien... ¡esto! –dijo, sosteniendo en alto su pelo color caoba, en forma de plumero.

–Mamá... –susurró Byte tímidamente.

–Decidido. Un plumero me hace más... dinámica.

–¡Mamá! –repitió Byte con mayor firmeza.

Su padre pasó junto a ella, le dio un empujón y entró como un torbellino en el baño. Byte empezó a sulfurarse.

–Ágata, ¿dónde se supone...? –el señor Robles enmudeció al ver el aspecto de su mujer.

–¿Verdad que me favorece? –preguntó ella con entusiasmo al ver la cara de estupor de su marido–. ¿No te fijaste? Todas las damas de Maxim's llevaban este peinado.

–Es horrible, Ágata. Y, además, no eran damas, eran... –el señor Robles buscó la palabra adecuada– vedettes.

–La crème de la crème...

–Ni hablar. Tú así no vienes conmigo.

Dos lagrimones resbalaron por las sonrosadas mejillas de la señora Robles.

–Rodolfo eres un... bruto –sollozó.

–Vamos, Ágata, no montes el numerito ahora, justo antes de la convención... ¿No ves que los moños te favorecen mucho más? –al ver que su mujer dejaba de llorar, continuó–. Y, por cierto, ¿no habrás visto mi pajarita?

–¿Cuál? –preguntó ella, secándose los ojos con un pañuelo violeta.

–La única que tengo –respondió con cierta irritación.

–Dirás la única que tenías –lo corrigió su mujer con acritud–, porque ayer se la regalaste a una de esas... vedettes.

–¿A una vedette...? –se sorprendió el señor Robles–. No la recuerdo...

–Claro, cariño. ¿Cómo quieres acordarte si bailaste con casi todas?

El señor Robles abrió la boca indignado, pero se había quedado sin palabras. Herido en su orgullo, se dio la vuelta y abandonó el baño a grandes zancadas. Al cruzar la puerta, tropezó con Byte.

–Papá...

–¡Demonios! –exclamó él, moviendo los brazos como aspas de un molino, mientras perdía el equilibrio y aterrizaba de morros sobre la gran cama de matrimonio.

¡Raaas!

La costura posterior de sus pantalones se abrió de arriba a abajo y el estampado multicolor de los calzoncillos asomó por la rotura.

–¡Oh! –se lamentó papá Robles–. ¡Mi traje nuevo! ¡Maite! ¿Se puede saber quién te ha puesto en medio?

Byte agachó la cabeza, confundida. Tragó saliva e hizo un esfuerzo por proseguir con el plan, a pesar de los imprevistos. Dio un paso al frente y se encaró con su padre, que se contorsionaba tratando de ver el tamaño del desperfecto.

–Papá...

–¡Maite! –estalló el señor Robles, enderezándose–. ¡Hoy es mi gran día y no voy a permitir que lo arruines! ¡Haz el favor de largarte inmediatamente y no vuelvas hasta... hasta...!

Byte desapareció al instante de la habitación, con el rostro radiante. El señor y la señora Robles pestañearon atónitos.

–Cariño –suplicó el señor Robles–, ¿serías tan amable de... coser mi pantalón?

Byte bajó al hall del hotel y se sentó frente a un monitor en la zona de libre acceso a internet, en un periquete tecleó su nombre y su clave de acceso, y accedió a la web del club de fans de Trouton.

–Esa máquina... –se dijo–. Esa máquina va a ser la llave para entrar en el edificio Trouton. Van a flipar...

Un banner apareció en la pantalla. Byte leyó con los nervios a flor de piel:

«Chat con Sevère Flammarion. Si desea conocer los nuevos retos de Trouton, hable con nuestro director de proyectos.»

No podía creer su buena suerte.

–¡Guay! –se le escapó.

–¡Ñcht! –chasqueó con los dientes alguien dos ordenadores más allá.

Byte se sobresaltó al ver una momia sentada frente a una pantalla. Inmediatamente comprendió que se trataba de Joshua Segundo: después de su vuelo nocturno de la víspera lo habían vendado de arriba abajo. A su lado, un profesor particular de Informática lo ayudaba con los deberes.

–Lo siento –se disculpó. Y luego, dijo para sí–: ¡Un chat con Flammarion!

Pulsó sobre el banner y se abrió una nueva ventana.

GUEST 1 > ¿Nos está diciendo que los experimentos con rayos no funcionan?

FLAMMARION > Bueno, más bien digamos que los resultados tardan en verificarse.

GUEST 2 > He oído que esos experimentos están arruinándo a su empresa.

FLAMMARION > Es un proyecto personal de la doctora Fouché. Dentro de unos días tendrán un chat con ella y podrán criticarla. A mí, déjenme en paz.

GUEST 3 > De acuerdo, monsieur Flammarion. No se enfade.

FLAMMARION > No me enfado. Es que no veo por qué tenemos que hablar de los rayos de la doctora Fouché cuando podrían estar preguntándome por los fascinantes proyectos que dirijo yo.

GUEST 2 > Háblenos de ellos, por favor.

FLAMMARION > Esto ya me gusta más. Pues verá, tenemos muy avanzado el implante dental GPS. Sirve para localizar en el acto a sus mascotas o a los empleados de su empresa.

GUEST 3 > ¡Brillante! ¿Fue idea suya?

FLAMMARION > Por supuesto. Hace usted unas preguntas...

GUEST 1 > Y apuesto a que ya ha concebido un nuevo proyecto. Un cerebro como el suyo no se toma vacaciones.

FLAMMARION > Cuánta razón tiene, amigo. Pero, desgraciadamente, no puedo revelarles nada de mi nuevo proyecto. Ayer fue aprobado por el consejo de TRS y es un asunto de la máxima confidencialidad.

GUEST 2 > Por favor, revélenos algún secretito...

FLAMMARION > Tendrán que conformarse con esto: se les van a poner los pelos de punta.

GUEST 3 > Es usted tan diabólicamente enigmático...

Llegados a ese punto, Byte decidió entrar en acción. Tenía la sospecha cada vez mayor de que el descubrimiento de su hermano iba a resultarle útil. Paseó los ojos por la pantalla, fue a la página de inicio y buscó el icono del e-mail. Desde ahí rastreó todos los datos de la web de Trouton y en menos de cinco minutos dio con un par de códigos que le podían servir. Volvió a la página inicial y con ellos accedió a la Intranet de la corporación. Se dirigió al registro de empleados y buscó los nombres de los miembros del consejo, que tenían acceso ilimitado a todos los rincones de la web. Cambió los datos de la doctora Fouché por los suyos y volvió a pulsar en el icono del chat. A los pocos segundos apareció en la pantalla un nuevo interlocutor.

BYTE > Disculpen que me presente de este mdo, pero tengo una infornación que puede interesar a monsieur Flammarion.

Con los nervios, Byte había cometido algún error al teclear.

FLAMMARION > ¿Se puede saber quién es usted y cómo ha entrado aquí?

BYTE > Me llamo Maite Robles y tengo en mi posesión una máquina, que creo que le puede interesar.

FLAMMARION > Mire, señorita, si yo tuviera que atender a todos los que quieren engatusarme con historias de este tipo, no tendría tiempo para desarrollar proyectos de verdad.

BYTE > Le estoy contando la verdad.

FLAMMARION > Por favor, déjenos en paz.

Byte se sintió profundamente herida.

–¿No se da cuenta o qué? Sería una revolución. A ver si logro que...

BYTE > Se trata de una máquina muy antigua y misteriosa; piénselo. Sus poderes son enigmáticos. Tendrían que estudiarla.

FLAMMARION > Abandone este chat de una vez.

BYTE > 	Pensé que le interesaría un invento del legendario doctor Laffitte.

FLAMMARION > ¿Pretende usted tomarme el pelo?

BYTE > ¿Perdón...?

Esperaba ansiosa la respuesta de Flammarion, pero la pantalla seguía inmóvil. Pasaron demasiados segundos sin contestación.

–¿A qué espera...? –se impacientó Byte.

GUEST 2 > ¿Alguien puede explicarme de qué va todo esto?

FLAMMARION > Usted, cállese.

A Byte: Tenemos que entrevistarnos de inmediato, querida. ¿En qué punto del planeta se encuentra usted en este momento? Enseguida mando el mejor jet de Trouton a recogerla.

BYTE > No se moleste. Estoy aquí mismo, en París.

FLAMMARION > Entonces, le envío nuestra mejor limusina. ¿Su dirección, por favor?

BYTE > Hôtel de Crillon, 10, Plaza de la Concordia. Esperaré en la entrada.

FLAMMARION > No olvide la máquina, simpática muchacha, ni cualquier otra información sobre el querido Laffitte.

Byte no lo podía creer. Tardó unos segundos en procesar la conversación. Cuando comprendió que finalmente iba a visitar Trouton y a entrevistarse con uno de los consejeros, no fue capaz de reprimir un grito de júbilo.

–¡¡¡Yupiii!!!

–¡Qué ordinaria! –la recriminó el señor Pooposh, que deambulaba por ahí.

Byte paseó su mirada indiferente por la sala. Una niña arrugó la nariz y le sacó la lengua a escondidas de su profesor. Dos gemelos que llevaban una coleta en el cogote reanudaron su partida en red, aprovechando que su institutriz estaba despistada.

Byte se alejó de ellos y pidió una bolsa en el mostrador. Subió a toda velocidad al tercer piso. La puerta de la habitación 311 estaba abierta de par en par, pero sus padres ya se habían marchado. Entró en la habitación de Víctor, metió la máquina en la bolsa y salió al pasillo. Se detuvo de repente y entró de nuevo. Avanzó hasta el escritorio y se miró en el espejo.

–Este maldito mechón... Así –dijo, poniéndoselo detrás de la oreja.

Bajó las escaleras con solemnidad y cruzó el vestíbulo. En la calle, se apoyó en una de las arcadas con la bolsa a sus pies. Al poco rato, un larguísimo Mercedes negro dio la vuelta a la Plaza de la Concordia y se aproximó a ella lentamente.

Al ver su silueta reflejada en los cristales ahumados del vehículo sintió que sus piernas desfallecían. La limusina de Trouton frenó a su lado. Las puertas traseras se abrieron y dos inmensos robots de acero se apearon del vehículo y se le acercaron.

–¡Oooh! –exclamó Byte, maravillada.

–¿La señorita 45TX Robles XF3? –dijeron al unísono.

En sus cabezas brillaban luces multicolores en forma de sonrisa.

–Yo misma.

Los engendros se miraron, asintieron y se lanzaron sobre ella. Uno la inmovilizó y el otro le clavó una inyección en el trasero.

–¡Ay!

La arrastraron al interior de la preciosa limusina. Las puertas se cerraron. Mientras el vehículo arrancaba, Byte dirigió una última mirada al hotel. La vista se le empañaba, pero alcanzó a distinguir al señor Pooposh que, desde el vestíbulo, contemplaba la escena con total indiferencia.

La peor parte

Víctor salió del comedor con la barriga llena y la tarjeta del hotel en la mano. Se cruzó con Pooposh, que lo miró con una sonrisa en los labios.

Étienne estaba sentado en la barra del bar, en un rincón del vestíbulo. Había desayunado y hojeaba una revista con interés.

–¿Qué lees?

–Monsters –contestó, enseñándole la portada–. El número de este mes va de fantasmas. Mira éste, ¿a que se parece al de ayer?

–Psé... Tiene la sábana más sucia.

–Ese detalle no importa. Son los fantasmas comunes, pero aquí dice que hace décadas que no aparecen con este aspecto... Quizás deberíamos informarlos de lo que nos pasó.

–Oye, ¿cuál es la mayor biblioteca de París?

–La Bibliothèque Nationale, supongo. Es inmensa.

–Pues tendremos que ir allí. Órdenes de la jefa –dijo, alargándole la tarjeta con el plan esquematizado.

–No fastidies –respondió Étienne tras estudiarla minuciosamente.

–No es para tanto –le animó Víctor–. Pasar la mañana en una biblioteca no puede ser tan malo...

Salieron del hotel. Era temprano, hacía fresco y el cielo seguía encapotado.

–No –contemporizaba Étienne–, si a mí la biblioteca me gusta...

–¿Entonces?

–Es que... –Étienne se rascó la nariz con frenesí, buscando una explicación convincente que no encontró–. Es que hay una bibliotecaria que da un miedo... –confesó al fin.

–¡Vaya! –se sorprendió Víctor–. A ti no hay quien te entienda. Te chiflan los monstruos y te asusta una simple bibliotecaria.

–¡Es muy diferente! Ella es..., ¿cómo te diría...? –preguntó, trazando incomprensibles círculos en el aire–. Así... No sé si me explico.

–No. Pero déjate de historias y dime por dónde se va.

–Por el callejón de la izquierda atajaremos un poco.

Anduvieron unos minutos, cruzaron un parque y llegaron frente a un gran palacio de paredes blancas, impresionantes ventanas y oscuras cúpulas.

–Hemos llegado –informó Étienne.

–No está mal.

Era un edificio secular, construido con grandes piedras. A lo largo y alto de la fachada había cuatro filas de ventanales. Los del último piso se abrían en el mismísimo tejado de pizarra y eran bastante más pequeños. Por encima, una cúpula circular remataba el edificio y, en el balcón principal, con letras descomunales, se proclamaba su noble función: Bibliothèque Nationale.

Víctor miró inseguro a Étienne.

–Entremos –propuso.

Con paso vacilante recorrieron el ancho pasillo de baldosas blancas y negras, cubierto por una bóveda a una altura excepcional. En las paredes, unos frescos representaban a las nueve musas como doncellas carnosas y abultadas danzando entre un grupo de poetas, pintores y músicos.

Étienne lo observaba todo con cara pálida y ojos muy abiertos. Giraba la cabeza a diestro y siniestro, temiendo que saliera de cualquier recoveco la espantosa bibliotecaria. Víctor, en cambio, andaba con aplomo, el paso firme y la vista al frente.

Llegaron al final del pasillo. A derecha e izquierda se alzaban dos inmensas y oscuras puertas de madera. Enfrente, una escalera monumental conducía hacia los pisos superiores o hacia los sótanos. Étienne se rascó nerviosamente la nariz.

–Arriba –musitó–. La sección de fantasmas y todo eso está en el ático.

Al principio subían despacio, solemnemente. Pero fueron apretando el paso hasta saltar los escalones de dos en dos y de tres en tres. En cada rellano el edificio se oscurecía, los techos encogían y la escalera se estrechaba, hasta que llegaron al cuarto piso. Sus corazones latían ruidosamente.

–¿Y, ahora? –resopló Víctor.

–Es aquí.

Étienne señaló una puerta a la izquierda y, al acercarse, Víctor vio un cartelito.

–«Section K-33.0-HP –leyó–. Histoires et légendes de Paris». Bueno, vamos allá. Tenemos una importante misión que cumplir.

Abrió la puerta, que chirrió ruidosamente, y cruzaron el umbral en silencio. Cinco grandes mesas, absolutamente vacías, se encontraban alineadas en el centro de la sala, entre estantes tan abarrotados de libros, que parecía que fueran a estallar y a salir disparados en todas direcciones.

–¡Vaya! –exclamó Víctor.

–¡Chssst! –hizo alguien.

Víctor se sobresaltó. Rastreó con la mirada todas las mesas, sin ver a nadie. Étienne le susurró al oído:

–Al fondo, al fondo de la sala...

Entornó los ojos y vio un moño castaño que avanzaba por el pasillo, tras las mesas. Víctor se agachó y distinguió entre las patas de las mesas a una persona diminuta que andaba balanceándose como una peonza. Los miraba fijamente a través de sus gruesas gafas de culo de botella y cada pocos segundos encogía la nariz con un mohín desagradable.

–No la mires –propuso Víctor–. Haz como si fuéramos profesionales, ¿tú dónde buscarías?

–¿En la sección de fantasmas? –aventuró Étienne.

–No –respondió Víctor, tajante.

–¿En... zombis?

–No.

–¿Esqueletos...? Tampoco –se respondió Étienne al ver la mueca de su amigo.

–Vamos a pensar. Se trata de una persona real que se llamaba Laffitte. ¿Me sigues?

–Te sigo.

–Lo suyo sería que apareciera en una enciclopedia. ¿Dónde hay una?

–Ni idea. Yo me dedico a los monstruos.

–Esto es una biblioteca –los interrumpió la bibliotecaria, cruzándose de brazos y dando golpecitos al suelo con la punta del zapato–. Hay que guardar silencio absoluto.

–Disculpe –se apresuró a sonreír Víctor–. ¿Una enciclopedia, por favor?

–Pasillo de la derecha, tercera estantería, segundo estante. Y silencio –contestó, alejándose a saltitos.

–¡Qué genio! –susurró Víctor al oído de Étienne.

Se pusieron manos a la obra. Buscaron en una enciclopedia la palabra «Laffitte», pero no la encontraron. Consultaron otra y otra, hasta media docena. Todas las notas eran breves y esquemáticas. Decían que era inventor, que nació en 1827 y que vivió en París.

Víctor empezaba a aburrirse cuando oyó chirriar la puerta. Un hombre anciano entró en la sala como un torbellino.

–¡Brrr! Esta humedad me va a fastidiar los huesos –se quejó.

Andaba con rapidez, apoyando una mano en un bastón de punta de acero, que sonaba con un ¡clic! molesto a cada paso. En la otra mano llevaba un viejo maletín. Su melena, blanca como la nieve, y los flecos de su gabardina flotaban al viento mientras se dirigía apresuradamente hacia el fondo de la sala.

—Buenos días, buenos días, ¡buenos días! —saludó a la bibliotecaria, quitándose la bufanda de cuadros.

—¡Chssst! —respondió ella, señalando a Víctor y Étienne—. Hay dos niños.

—¡Oh! ¡Ah! ¡Oh! —exclamó, volviéndose hacia ellos. Étienne se fijó en sus ojos, que brillaban bajo las pobladas cejas y los párpados caídos. En su cara redonda lucía un grueso mostacho tan blanco como su cabello—. Qué interesante. ¿Y qué buscan?

—Bsbsbs... —la bibliotecaria bajó tanto la voz que Étienne fue incapaz de entender sus palabras. El viejo la escuchaba con interés, sin quitarles los ojos de encima. Luego sonrió y se alejó de la mesa andando ruidosamente con el bastón.

—¿Quieres prestar atención? —se quejó Víctor—. Mira lo que dice aquí: «Pretendía fabricar una machine de la fraternité para la Exposición Universal de 1889».

El sonido del bastón cesó. El viejo no quería perderse detalle de lo que los chicos decían. Víctor, de espaldas al desconocido, siguió diciendo:

—O sea, que aún estaba vivo en 1889... Voy a buscar un libro sobre la Exposición Universal esa. A lo mejor encuentro algo interesante.

Víctor se levantó y casi se empotró contra el hombre del bastón. Lo esquivó, llegó al estante y empezó a escrutar los lomos de los libros. El anciano se instaló en la mesa contigua, de cara a Étienne, y empezó a sacar libros antiguos y papeles amarillentos de su maletín.

Víctor volvió al poco rato con un grueso volumen.

–La Exposición Universal de París. 1889 –anunció–. Tiene que estar aquí.

Se sentó y abrió el libro por la primera página. Dejó la tarjeta del hotel sobre la mesa y se puso a inspeccionar el texto minuciosamente. Étienne estaba embobado, con la cabeza apoyada en los puños y la boca abierta.

–¡Eh, tú! –le dijo Víctor–. Sigue buscando: «Laffitte», con dos efes y dos tes.

Al oír esto, el viejo se sobresaltó y sus pupilas brillantes se clavaron en ellos. Étienne sintió un escalofrío y se puso manos a la obra de inmediato.

Étienne levantó la mirada. Frente a él, Víctor seguía con el libro de la Exposición Universal. Se aguantaba la cabeza con ambas manos. El hombre del mostacho los espiaba con disimulo y se inclinaba hacia un lado, tratando de descubrir qué leía Víctor. Después se levantó y rodeó su mesa. Étienne notó que se paraba a su espalda y observaba su libro. Respiraba ruidosamente. Por un momento temió que fuera a clavarle un puñal. Cerró los ojos y rezó para que el viejo se apartara.

Víctor no se inmutó. Finalmente, el viejo se alejó hacia la bibliotecaria. Étienne respiró aliviado y trató de concentrarse en su libro.

–«Laffitte –leyó en un susurro–: Físico e inventor nacido en 1817. Entre sus inventos cabe destacar la hélix triforme y el perforateur. Desapareció misteriosamente en 1889, tras anunciar por todo París su nueva invención: la machine de la fraternité, que jamás llegó a presentar».

Desde el fondo de la sala, la bibliotecaria diminuta y el viejo cojo no les quitaban el ojo de encima.

–Es decir, que Laffitte desapareció hace más de un siglo. Y su laboratorio secreto...

Algo se movió detrás de Víctor. Étienne levantó la mirada. La bibliotecaria y el viejo se acercaban a ellos. Sin saber por qué, se fijó en la punta del bastón: una afilada aguja de acero brillante.

¡Clic! ¡Clic! ¡Clic!

–¡Víctor! –gritó– ¡Corre! –le instó Étienne, levantándose de su silla.

Víctor se volvió justo a tiempo para ver a la bibliotecaria saltar amenazadoramente hacia ellos. Cogió el libro y lo lanzó contra sus perseguidores. La bibliotecaria dio una pirueta en el aire y evitó el libro. Tras ella, el viejo no tuvo tiempo de reaccionar y recibió un soberbio golpe en la frente. Se desplomó al instante.

Ellos aprovecharon el caos para desaparecer. Salieron de la sala y bajaron la escalera a grandes saltos.

–¡Espera! –dijo Víctor sonriente, mientras se subía al pasamanos y se lanzaba por él como en un tobogán.

Llegaron al largo pasillo de baldosas blancas y negras.

Tras ellos chillaba la histérica mujercita:

–¡Detengan a esos mocosos! ¡Que no huyan!

Étienne miró atrás y vio al viejo bajar las escaleras, con el bastón en alto, la melena al viento y un papelito en la mano.

–¡Ese maldito fósil corre como un condenado! –gritó Étienne.

–Yo que tú, miraría hacia delante –le sugirió Víctor.

Étienne se volvió justo a tiempo para regatear a un conserje gordo que se había colocado en medio del pasillo como un portero que va a parar un penalti. Tras él apareció un gendarme. Los muchachos se lanzaron al suelo encerado, se deslizaron sobre sus barrigas y pasaron bajo las piernas del agente.

Ya fuera, atravesaron el parque y se metieron por un callejón estrecho. Se agazaparon entre unos cubos de basura, desde donde vieron cruzar a una multitud capitaneada por la minúscula bibliotecaria, que los maldecía y amenazaba con el puño.

–Todo esto es muy raro –susurró Víctor después de unos minutos–. Ese viejo va tras la máquina.

–Ya te dije yo que esa enana...

–¡Étienne, no empieces otra vez! Estoy harto de tus miedos.

–¿Qué quieres decir...?

–¡Quiero decir que eres un cobarde! Te desmayaste con el fantasma y, ahora, te asusta una bibliotecaria cascarrabias.

–¡No soy un cobarde!

–¡Sí lo eres!

–¡No lo soy!

–¿Ah, no?

–No. –respondió Étienne mirando directamente a los ojos de Víctor.

–Demuéstralo.

–¿Qué?

–Que-lo-de-mues-tres.

–¿Cómo?

Víctor guardó silencio unos segundos.

–Vayamos al laboratorio de Laffitte –ordenó, dando un puntapié a uno de los cubos de basura.

–¿Al... laboratorio?

Una visita relámpago

No tardaron en llegar a la rue de Solferino.

–Este es el portal –señaló Víctor–. Y date prisa. Si no llegamos a la una, Byte... –dijo, pasándose el dedo por el cuello como si fuera un cuchillo.

Se adentraron en el oscuro corredor. La puerta del laboratorio estaba entornada.

–¿Es... es aquí? –titubeó Étienne al encararla.

–Sí. Tú primero. Yo te seguiré.

–¿Y dices que esa cosa salió detrás de vosotros? –preguntó con los pies clavados al suelo.

–No lo sé –repuso Víctor–. Al llegar a la calle corrimos sin mirar atrás.

–¡Ah! –dijo Étienne. Las piernas le temblaban ligeramente y una gota de sudor frío le resbaló por la sien–. Entonces, el esqueleto sigue dentro...

–¿No dices que te chiflan los monstruos?

–¿Eh? ¡Oh, sí! Pero en los libros, cuando los estoy leyendo en mi camita... Tratar con ellos cara a cara es muy distinto.

Víctor empujó suavemente la puerta y entró en el laboratorio.

–¿Hay alguien? –preguntó–. ¿Hola? ¿Fantasma...? ¿Fantasmita...? ¿Sigues ahí?

Étienne introdujo un pie en el laboratorio, apoyó su temblorosa mano en la pared y entró lentamente mirando a la izquierda y a la derecha.

–¿Lo ves? –dijo Víctor–. No hay nadie.

El taller de Laffitte aparecía igual que el día anterior: sucio, maloliente y oscuro, a pesar de las bombillas. Étienne lo miraba todo desde el umbral, con los ojos bien abiertos y un picor insoportable en la nariz. Nada se movía. Al fin, con paso titubeante, se acercó a las estanterías y, recobrado el ánimo, empezó a abrir cajones y a revolver frascos y probetas. Inspeccionó los libros de los estantes, en busca de alguno titulado algo así como *Las peores pesadillas* o *Encantamientos para que aparezca un monstruo*.

Llevaba un buen rato soplando las cubiertas polvorientas de los antiguos volúmenes cuando una sombra se deslizó sigilosamente desde el fondo de la sala y se le aproximó por detrás.

–¡Buooo! –ululó una voz profunda y fantasmal.

Étienne se volvió. Una figura blanca levantaba las manos hacia él.

–¡Aghhh! –chilló, esquivando el amenazador abrazo–. ¡No quiero morir!

Dos ojos oscuros y achinados lo escrutaban a través de una cortina raída. Étienne cayó al suelo, arrastrando un montón de vasos y frascos de cristal. El fantasma se quitó de encima la vieja cortina y se desternilló de risa.

–¡No le veo la gracia! –gimió Étienne, más blanco que una hoja de papel–. Y... y... ¿Sabes lo que pareces? Pareces un troll con los ojos así y el diente roto y...

Étienne se levantó con cuidado del suelo lleno de cristales y se fue enfurruñado hacia el gran armario empotrado.

–¿Qué te metes en el bolsillo? –se extrañó Víctor, al cabo de unos segundos.

–Nada.

–Vamos, ¿no sabes apreciar una broma? Dime qué son esas bolitas doradas que te guardas en el bolsillo...

–Pastillas –reveló Étienne con presunción–. Se llaman Fórmula W y son un concentrado de güisqui. Una pastilla, una botella.

–¿Güisqui? ¿Para qué quieres güisqui?

–Nunca se sabe. Viviendo en un hotel, pueden resultar útiles... ¡Oh! –dijo, tomando un frasco azul–. Fórmula CP.

–¿CP...?

–«Concentrado pantagruélico» –leyó Étienne–. «Cada pastilla equivale a dos raciones y media de canapés, un cuarto de ternera rellena de ostras y langosta, parrillada de marisco, un jamón curado, paella valenciana y seis raciones de salchichas con tomate». ¡Ah! –completó al dar la vuelta al frasco–. «Dos pasteles, uno de mantequilla y otro de nata. Café, copa y puro».

–¿También las necesitas?

Se acercaron al agujero y se asomaron a las escaleras.

–¡Fiuuu! –silbó Étienne al ver la oscura escalera de caracol–. ¿Ahí abajo...?

–Sí, es un túnel del metro –dijo Víctor–. Ahora, silencio.

Descendieron por los irregulares escalones hasta el sótano. Étienne se quedó extasiado al ver la gran cantidad de máquinas y artilugios de todos los tamaños, formas y materiales que se amontonaban junto a las paredes.

–Déjame ver –dijo Étienne, lleno de curiosidad, adelantando a Víctor. Tomó entre sus manos uno de los cascos de curiosas antenas y orejeras acolchadas.

–Esto es el intercommunicateur électrique –le explicó Víctor al ver que Étienne pulsaba algunos botones.

–¿Funcionará?

Étienne se puso el invento en la cabeza. Accionó un interruptor y empezó a oír un programa de radio. Un sociólogo hablaba de los problemas de la educación en Francia.

–¡¿Qué se ha creído?! –gritó–. Este tipo propone que hagamos el triple de deberes.

–Espera. No te lo quites –propuso Víctor, mientras se colocaba el otro casco y lo encendía.

Una leve corriente eléctrica les recorrió el cráneo y cada uno vio que en la parte frontal del casco del otro aparecía una lucecita roja. Con un zumbido apagado, unos rayos chispeantes unieron las antenas.

–¡Esto es sensacional! –chilló Étienne.

–Un momento... –dijo Víctor incrédulo.

–¡Puedo oír lo que piensas!

–¿Estás seguro? A ver, ¿qué pienso?

Étienne cerró los ojos para concentrarse y guardó silencio unos instantes.

–En nada. Tú no piensas en nada absolutamente. –sentenció–. Espera, sí... Piensas en tu hermana, aburrida en la habitación, custodiando la máquina. ¡No! Has cambiado. Ahora piensas en... ¡Puaj! En la Clearwater haciendo trenzas a su perro y... ¿Qué es esto? ¿Un viejo gordo agitando ridículamente las manos ante un público que bosteza? ¡Oh! Perdona, no sabía que era tu padre.... Y... ¡Eh! –se enfadó de golpe–. No pienses eso de mí...

–¡Asombroso! –exclamó Víctor–. Puede que Laffitte no fuera tan estúpido.

Apagaron los cascos y los depositaron sobre una caja. Siguieron por el túnel, evitando los putrefactos charcos del suelo y acercándose al final, a la puertecita que Víctor había abierto el día anterior de un porrazo.

–En esa habitación vimos al fantasma –señaló Víctor.

–¿Ahí...?

–Ahí.

Víctor tiró del anorak de Étienne para que lo acompañara. Introdujo la cabeza en la sala y descubrió que el misterioso bulto seguía, inmóvil, tras la puerta. Se hizo un silencio estremecedor.

Con el corazón latiendo con fuerza, penetraron en la habitación y Víctor se arrodilló junto al bulto. Sus dedos rozaron la tela, polvorienta y rugosa. Parecía un abrigo largo y anticuado, estropeado por el tiempo y la humedad. Levantó el extremo de la manga.

–¡Un cadáver! –exclamó, retirando la mano con terror.

–Si quieres volver a asustarme... –dijo Étienne.

Víctor levantó la mirada.

–¿Qué es ese ruido?

–No empieces otra vez...

–¡Chssst!

Enmudecieron. Étienne no alcanzaba a distinguir ningún ruido, y, aun así, su mandíbula empezó a tiritar de miedo. Volvió lentamente la cabeza y miró atrás por el rabillo del ojo.

¡Clic! ¡Clic! ¡Clic!

Alguien cojeaba por el túnel.

–¡Ya os tengo!

El anciano de larga melena y blancos mostachos se plantó en el umbral de la puerta, agarrando su bastón con ambas manos y amenazando a los chicos. Ellos se quedaron helados. Bajo las pobladas cejas, los ojos del viejo escudriñaban cada rincón del oscuro laboratorio.

–¿Qué es todo esto?

Su rostro severo se desfiguró por una emoción incontenible. Poco a poco fue bajando el bastón.

–Mon Dieu, mon Dieu... ¡Mon Dieu! –exclamó–. Después de tantos años... ¡¡El laboratorio secreto de Laffitte!!

Víctor y Étienne se miraron sin comprender nada.

–¿Qué más sabéis? –gritó, poniéndose de nuevo en guardia–. ¿Qué me ocultáis?

Por toda respuesta, Víctor señaló el cadáver.

Al advertir la inerte figura, el anciano emitió algo parecido a un gemido, saltó hacia ella y se agachó a su lado. Lanzó el bastón al aire y acarició el abrigo con fruición.

—Viejo amigo... —musitó.

Con gran horror, vieron que el viejo introducía sus brazos en los mugrientos pliegues del abrigo.

—¡Doctor Laffitte! —prorrumpió el anciano, levantándose abrazado al muerto y con lágrimas en los ojos—. Al fin, al fin... ¡al fin!

Una gran rata saltó del bolsillo del difunto y se deslizó chillando a una oscura grieta de la pared. El esqueleto del doctor Laffitte se desmoronó y quedó convertido en una nube de polvo. Todos sus huesos se esparcieron por el pavimento. La calavera rodó hasta detenerse a los pies de Étienne, con una sonrisa gélida y sus cuencas vacías fijas en él.

—¡Mamááá! —gritó, huyendo hacia la salida.

Víctor le pisaba los talones. Salieron disparados a la calle y no descansaron hasta llegar a la Plaza de la Concordia.

Adiós, Byte

Víctor y Étienne se detuvieron frente al hotel, con la lengua fuera.

–¿Qué podía querer ese tipo? ¡Buf! –resopló Víctor al empujar la puerta giratoria.

Étienne se encogió de hombros.

–¿Cómo nos ha encontrado?

–¿Nos habrá seguido desde la biblioteca?

–Es posible... ¡Qué raro es todo esto!

–Nos hemos metido en un buen lío, Víctor –concluyó Étienne.

–Ni una palabra a Byte, ¿oyes?

–¡Monsieur Víctor! –le llamó Mohammed, que le sonreía desde el mostrador mientras le alargaba un sobre–. Una nota de su madre.

Víctor rasgó el precioso envoltorio impreso en letras de oro y leyó la nota:

«Me he marchado con vuestro padre a la convención. No comeremos en el hotel. Nos veremos esta noche, si puedo evitar la cena de clausura. Portaos très bien. Un millón de besos. Mamá.

P. D.: Byte, papá dice que siente mucho los gritos de esta mañana».

–¿Gritos?

–¡Buf! –exclamó Étienne, presionándose la barriga–. Siento algo aquí.

–¿Estás enfermo?

–Tengo hambre.

Se oyó un ¡ding! y se abrió la puerta del ascensor. Lady Clearwater, embutida en un vestido amarillo que le llegaba hasta los zapatos, salió con su perro en brazos. Sobre los hombros llevaba un chal negro y rojo que brillaba con destellos de color escarlata bajo la lámpara recién estrenada. Sonreía a derecha e izquierda como si desfilara por una pasarela de moda.

–Mohammed –ordenó–, búscame una mesa para comer con mi Mylove. Pero lejos de esa horrorosa familia recién llegada –añadió con el índice levantado–. Deberían prohibir la entrada de gentuza como ellos en este hotel. Parecen sacados de una novela de Dickens. ¡Ji! ¡Ji! –rió con arrogancia su propia ocurrencia.

–No sé, milady –se excusó Mohammed–. Veré qué puedo hacer...

–Date prisa –exigió lady Clearwater mientras se alejaba hacia el comedor frunciendo la nariz–. Ya empiezo a notar su olor.

Víctor se quedó sin habla. Respiraba entrecortadamente y la sangre le bullía en las sienes. Cerró los puños, blancos por el esfuerzo, y achinó aún más los ojos.

–¡Asquerosa! ¡Me las vas a pagarrrtttx...!

Étienne le tapó la boca.

–Tranquilo.... –sonrió Étienne, al tiempo que le guiñaba el ojo–. Confía en el bueno de Étienne: la venganza es un plato que se sirve frío. Y, hablando de platos, es hora de comer, ¿no? Iré a preguntar a mamá.

Bajaron al sótano. Madame Blanchart estaba ocupada doblando un juego de manteles.

–Hola, Víctor. Hola, Étienne –los besó–. ¿Ça va?

–Très bien –respondieron a dúo.

–Mamá, ¿puedo...?

–Por supuesto –respondió ella sin dejarle terminar–. Ya he hablado con monsieur Champagne y no hay problema. Después llama a tu hermano François y dile que se encargue de Jacques y de Nicolette hasta que yo llegue a casa. No sé a qué hora termina Simonette en el restaurante... Y come algo sano, no te atiborres de comida precocinada.

–Descuida, mamá –dijo Étienne, saliendo de la zona de planchadoras.

Víctor pulsó el botón de la planta baja.

–¿Quiénes son todos esos: François, Jacques, Nicolette y Simonette?

–Mis hermanos –le respondió Étienne sin mucho interés–. Somos cinco.

–¿Y tu hermana trabaja en un restaurante?

–Para llegar a fin de mes, todos tenemos que colaborar...

El selecto comedor Ambassadeurs estaba medio vacío. Encima de las mesas brillaban docenas de velas en candelabros de plata. Frente a una de las mesas, junto a un biombo de flores, un camarero agitaba su bigotillo mientras anotaba en su libreta.

–Todo eso y además –añadió Étienne– pizza y Coca Cola, y las patatas fritas, que no se vean, ¿entiende...? Rebosantes de ketchup.

El camarero asintió y se marchó hacia la cocina repasando la lista con ojos desorbitados.

–¿Crees que tendremos suficiente? –Étienne sintió un retortijón en el estómago.

–Con tres pares de hamburguesas, cuatro pizzas gigantes, unas salchichas y seis raciones de patatas fritas, aguantaremos hasta la hora de la merienda. –Víctor miró pensativo el reloj–. Byte tarda demasiado –dijo.

–Pues habrá que empezar sin ella... –sonrió Étienne, relamiéndose los labios y frotándose las manos.

–Subiré a buscarla.

Étienne se quedó solo en el comedor del hotel, que pronto se llenó de clientes. Ocuparon las mesas contiguas sorteando los carritos de servicio. En uno brillaban las botellas de vino color rubí, en otro reposaban exquisitos entrantes de marisco y crepes caramelizadas, preparadas por el chef Escargot.

Cerca del biombo, que separaba el comedor de la zona reservada, estaba estacionado el carrito de los postres, lleno de suculentas tartas recién salidas del horno. Un matrimonio de japoneses se sentó en una mesa cercana. Al otro lado, el diplomático hindú besaba la mano de una hermosa mujer cubierta por un sari rosado.

Pasados unos minutos, Víctor regresó al comedor.

–Byte no está en su habitación –dijo, sentándose malhumorado.

–A lo mejor se ha ido a la convención.

–¿Bromeas?

Víctor se disponía a llamarla con su móvil cuando una bandeja cubierta por una tapa reluciente aterrizó sobre la mesa.

–Voilà! –la descubrió el camarero con gesto exagerado–. Bon appétit!

Al embajador hindú se le cayó el monóculo al ver las impresionantes hamburguesas dobles, las pizzas cuatro quesos, las hamburguesas, los doraditos, los cucuruchos de patatas fritas ahogadas en ketchup y los refrescos.

–Esto es lo que yo llamo una dieta equilibrada –dijo Víctor, dando un mordisco a su hamburguesa gigante.

–¡Sí señor! ¡Grumpf! –corroboró Étienne, zampándose una porción de pizza cuatro quesos.

Estiró el cuello para ver quién había al otro lado del biombo y se volvió enseguida.

–Aquí al lado... ¡Scrumpch! está la Clearwater.

–Peor... ¡Grumpf! para ella –dijo Víctor, atacando una hamburguesa que rebosaba mostaza por ambos lados.

Entre pizza y pizza sorbían los vasos gigantes de Coca Cola, se miraban, reían y comían patatas fritas con ketchup. Étienne recordó lo que le había prometido a su madre y levantó la mano para avisar al camarero.

–He olvidado el pan integral –se justificó.

–Maître, maître! –llamaba lady Clearwater al otro lado del biombo.

El hombre –delgado como un palillo, vestido con americana blanca y pajarita negra– que iba hacia ellos viró de repente y se acercó temblando a la exigente mujer, tras esquivar hábilmente los carritos llenos de tartas y botellas de licor.

–¿Se puede saber quién ha sido la cochina que ha planchado estas servilletas? –se quejó lady Clearwater cuando lo tuvo delante–. ¡Mire! Mi pobre Mylove no puede usar esta servilleta.

–¿Cómo? –preguntó el hombre azorado.

–Tiene una arruga, don't you see it? ¡Una arruga! Yo no pago para utilizar servilletas con arrugas. ¡Exijo que se despida a la empleada que ha hecho esto! Pobrecito mío... ¿Estás triste? –le dijo a su mascota–.

A Étienne se le atragantó la pizza y se le inyectaron los ojos en sangre, mientras empuñaba el cuchillo con gesto amenazante.

–¿Ha dicho «cochina»? ¡La muy mñññ...! –Víctor se apresuró a taparle la boca con un currusco de pan integral.

–Esa vieja no está muy bien de la azotea –le susurró para tranquilizarlo.

–¡Y, si alguien no lo remedia enseguida–la voz de lady Clearwater resonó de nuevo por todo el comedor–, entre la familia ordinaria y la empleada que no sabe planchar mis servilletas, conseguirán que no vuelva a este hotel nunca más!

Muchos comensales se volvieron hacia ella y prorrumpieron en un atronador aplauso. Ellos se miraron, asintieron y se levantaron de la silla. Étienne cogió un par de rosas blancas del centro decorativo de la mesa y se llevó la otra mano al bolsillo. Acarició las pastillas Fórmula W y se las pasó a Víctor.

–¿Molestamos? –preguntó Étienne a lady Clearwater, sacando la cabeza por detrás del biombo y enseñando los dientes en algo parecido a una sonrisa.

–¡Ah! Eres tú... –se sorprendió lady Clearwater.

–A sus pies –dijo, haciendo una reverencia y mirando de reojo la copa de la anciana, que ofrecía una viruta de jamón al pequinés.

Étienne le tendió las rosas.

–Mire lo que he cogido en el jardín. Son para usted... de parte de mi madre...

–¡Oh! ¡Qué mujer tan encantadora! –dijo la anciana.

Cerró los ojos para olerlas profundamente, momento que aprovechó Víctor para echar una de las pastillas en la copa de champán. Étienne le hizo un gesto con la cabeza y Víctor echó dos más. Las pastillas se disolvieron al instante, sin dejar más rastro que unas apetitosas burbujitas en la superficie. Después se despidieron y regresaron satisfechos a la mesa para pedir, entero, el carro de los postres.

–Cuando la vieja beba un poco, Laffitte entrará en acción –sonrió Étienne a Víctor, que no dejaba de consultar el reloj–. ¿Te ocurre algo?

–Byte –respondió–. Son más de las dos y todavía no ha aparecido.

–Cierto. Yo también necesito verla: tenía que decirle lo bien que le sienta ese jersey... ¡Oh! –se interrumpió, dando unas palmaditas de satisfacción–. ¡El carrito de los postres!

Al otro lado del biombo, varias copas cayeron al suelo y se rompieron en pedazos.

–¡Chachi este champán! –dijo lady Clearwater en tono desenfadado.

Varios comensales se volvieron hacia la zona reservada. Étienne seleccionó tres o cuatro tartas mientras Víctor sacaba el móvil para llamar a su hermana.

–Vaya, sigue apagado –se lamentó. Lo encendió y un pitido le anunció que tenía tres mensajes nuevos.

El primero decía simplemente: «SOS». En el segundo Byte había escrito algo más: «Sekstrda en Trouton». El tercero era escueto, pero claro: «Rspond. Puñeta».

Víctor se quedó sin habla.

–¿Qué quiere Byte? ¡Slurps! –preguntó Étienne distraídamente. La tarta de queso y arándanos estaba para chuparse los dedos.

Víctor le puso la pantalla del móvil en las narices.

–¿Secuestrada? ¿Por quién? ¿Y por qué...?

Una voz ronca los interrumpió:

–Y, ahora, Mylove... ¡Hips! ¡Vamos a brindar por la reina! ¡Ji! ¡Ji! ¡Ji!

Ambos se volvieron y vieron cómo Mylove aparecía y desaparecía pataleando por encima del biombo.

–¿Dónde está bi baso? –exclamó lady Clearwater–. ¡Sin él do buedo beber! ¡Yepa! ¡Mira qué! ¡Ups! Ahora he perdido un zapato...

Étienne miró por la rendija del biombo y vio a la aristócrata babear con la mirada ligeramente extraviada.

–¡Opaaa! ¡Vaya, hombre! ¡Hips! El otro zapato, ¿bónde
esdarán bis zabatos? –berreó–. ¡¿Alguien ha bisto bis zabatos?!

Se levantó y se anudó el chal en la cabeza como si fuera un turbante.

–¡Baître, Baître! –gritó a voz en cuello–. ¡Yooop-pa-la!
¡Guiedo bis zabatos rojos y bás salsa en bis guisandes!
¡Hips!

Adiós, papis

Víctor y Étienne salieron del comedor rumbo a las escaleras.

–¿Byte está secuestrada? Pero, ¿qué ha ocurrido?

–¡Yo qué sé! –dijo Víctor muy nervioso–. Eso dice el mensaje. Vayamos a su habitación.

Corrieron hasta la tercera planta. En la habitación 312 no encontraron el menor indicio de lo sucedido.

–No entiendo nada...

–¿Llamamos a tus padres?

–Ni hablar –dijo Víctor–. Miremos en mi habitación.

Sacó el llavín del bolsillo y abrió su puerta. Todo estaba como lo había dejado esa mañana al bajar a desayunar: la maleta, tirada en un rincón; la ropa, amontonada encima de la cama; las zapatillas de deporte, en el tresillo de terciopelo fucsia y las toallas, hechas un ovillo sobre la mesita de noche.

–Parece que todo está en orden –observó Étienne, zampándose un arándano que tenía entre los dientes.

–¡Oh, oh...! –exclamó Víctor.

–¿Qué ocurre?

–Un presentimiento –dijo, entrando en el baño.

La puerta se cerró tras él. Solo en la habitación, Étienne se aproximó cautelosamente a la cama y la miró con desconfianza. Con la velocidad de un rayo alargó dos dedos y levantó la sábana para asegurarse de que no quedaba rastro del fantasma. Sonrió aliviado.

–¡La máquina!– gritó Víctor, irrumpiendo en la habitación. Étienne dio un salto por el susto–. ¡La máquina de Laffitte ha desaparecido! La había dejado en el baño...

–¿No se la habrá llevado Byte? –aventuró Étienne, recuperado el aliento.

–Podría ser, pero... ¿dónde?

–¿No lo dice en sus mensajes?

–Sólo habla de Trouton... ¡Claro! –exclamó Víctor–. ¡El edificio Trouton!

Étienne lo miraba sin comprender nada.

–¿Sabes qué es Trouton? –preguntó Víctor, sentándose en el tresillo fucsia.

–No tengo ni idea.

–Es la empresa de productos tecnológicos más importante de Francia.

–¿Y...?

–Byte se moría por visitarla y... quizás pensó que con la máquina todo sería más fácil.

–¿En serio piensas que la ha entregado?

—Yo no he dicho eso, pero no me extrañaría... Cuando se le mete algo en la cabeza, hace lo que sea para conseguirlo.

—¡A lo mejor el viejo de los bigotes es un espía! –se alarmó Étienne.

—¿Un espía...? –se extrañó Víctor–. No sé... Puede que estemos exagerando.

—Me parece que ahora ya no podemos ocultarlo más. Ha llegado el momento de llamar a tus padres –dijo Étienne, poniéndose ceremonioso.

—Mmm... ¿Y qué les digo? –preguntó Víctor, sacando el móvil–. ¡Vaya, si no tengo saldo!

—Bajemos a las cabinas –indicó Étienne–. Conozco un truco para llamar gratis.

Bajaron las escaleras hasta la planta baja, donde encontraron bastantes clientes que salían rápidamente del comedor.

—¡No deberían permitir escenas de este tipo! –se quejaba una mujer mientras se abanicaba.

—¡Y parecía una señora! –comentaba otra, sofocada.

—¡Borracha como una cuba! –dijo un hombre barrigudo que llevaba una pata de pollo en una mano–. ¡Qué mal ejemplo para los niños!

Metieron la cabeza en el comedor Ambassadeurs. Las mesas estaban vacías. El maître Larousse corría hacia la zona reservada, gritando:

—¡Lady Clearwater, suelte la fuente de ensalada, please! ¡Que no, que no es un sombrero! ¡Oh, cielos!

—¡Do be doque! Idiot! ¡Yo be basto y be sobro para...!

–¡No! –chilló aterrado un camarero–. ¡Los macarrones! ¡Los manteles! ¡El parqué! ¡El embajador de la India!

Larousse no sabía qué hacer para detener a la aristócrata, que parecía empujada por varias furias mientras bailaba claqué, descalza, encima de su mesa. Los cocineros se sentaron en corro alrededor de ella.

–¿Qué miráis... ¡Hips!, vosotros? ¿Gueréis ver cómo canto y failo? ¡Burf!

–Milady, por favor, baje de la mesa... –repetía, desolado, el maître mientras limpiaba el traje bordado en oro de monsieur Rastajmani Rahid.

–¡Y, ahora –anunció ella, ignorándole–, dodos jundos dándonos las banos... ¡Hips! gantaremos eso de: Oh, when the saints...! Go marchin' in! ¡Jua! ¡Jua! ¡Jua! ¡A ver, el gordo calvo del fondo, que no le oigo! ¡Hips! Oh, when the saints go marchin' in!

Los cocineros, con el chef Escargot a la cabeza, disfrutaban de lo lindo y aplaudían al compás del baile.

–¡Guay! –dijo Étienne desde la puerta.

–Perfecto –rió Víctor complacido–. Y, ahora, ¡a buscar a Byte!

Cerraron la puerta del comedor y fueron hacia las cabinas telefónicas.

–¿Y puedo saber por qué motivo hoy no se puede cenar en el comedor de lujo? –preguntaba alguien frente a la puerta–. Yo, donde pago, hago lo que quiero.

–Lo siento muchísimo, lord Joshua –se excusaba el director del hotel–. Le prepararemos la comida en el salón des Batailles, en la planta primera.

–¡Inconcebible! –exclamó subiendo al ascensor, seguido de su hijo.

–¡Eh, mira a Joshua Segundo! –le señaló Étienne–. Parece una momia.

–Se ve que ayer su padre le soltó un buen porrazo –dijo Víctor, marcando el número de teléfono de su madre en la cabina, a la espera de que respondiera–. ¿Mamá? Soy Víctor. ¿Por qué bostezas? ¡Oh, el discurso de papá! ¿Llegaréis tarde...? ¿Una cena...? ¡Ah! Sí. No, Byte no puede ponerse. Sí... Sí... ¡Claro que sí! Lo que tú digas, mamá. Por supuesto que me alegra ir mañana a Eurodisney, pero es que... ha surgido una pequeña dificultad... Nada, mamá, no hemos hecho nada. ¡Mamááá! ¡Que sííí! Es que Étienne –empezó a decir con el rostro iluminado por una nueva idea– nos ha invitado a su casa. Dice que es muy bonita y que tiene su historia. Está en el barrio de Montmartre y por la noche se ve París desde arriba. Además, su padre es pintor, ¿sabes...?

Étienne lo escuchaba atónito. Víctor le acercó el auricular a la oreja.

–¿Pintor? –preguntaba asombrada la señora Robles–. Qué envidia, hijo mío, ¡un pintor en el mismo Montmartre! Como Toulouse-Lautrec, Picasso... Y yo, aquí, escuchando el rollo de tu padre. Espero que lo nombren director comercial, porque si no...

–¿Nos dejas ir?

–Sí, claro... Pero mañana os quiero a las doce en el aparcamiento de Eurodisney. ¿Has oído? ¡Oh, Montmartre! ¡Qué romántico...!

–Descuida, mamá, allí estaremos –dijo antes de colgar–. Misión cumplida –añadió, mirando a Étienne–. Tenemos hasta mañana a las doce.

–Oye, ni mi padre es pintor ni vivimos en Montmartre. Mi padre trabaja en una panadería del barrio latino y nuestro apartamento está en un sexto piso de la calle...

–Conozco a mi madre –lo interrumpió Víctor–. Lo que le he dicho no podía fallar.

–Mmm... Y, ahora, ¿qué?

–Ahora son las tres. Por lo tanto nos quedan... veintiuna horas para rescatar a Byte.

–Suena bien. ¿Por dónde empezamos?

Buenas tardes, muchachos

-Bueno –propuso Víctor–. En primer lugar, habrá que convencer a tu madre.

–Yo no le diría nada –contestó Étienne, rascándose el cogote.

–¡No puedes largarte sin decir ni pío!

–Créeme, yo también conozco a mi madre. Lo más sensato sería ponernos en marcha de inmediato.

–Lo haremos. Pero antes, hablemos con tu madre.

–Está bien –dijo al fin–. Pero, después, no digas que no te avisé.

Étienne apenas podía seguir el ritmo de su amigo, escaleras abajo, en dirección al cuarto de las planchadoras. Cuando llegaron, se detuvieron para recobrar el aliento y arreglarse un poco antes de presentarse a mamá Blanchart. Étienne aprovechó para dejar las cosas claras por última vez.

–Que conste que ha sido idea tuya –dijo.

Abrió la puerta. Un olor a detergente, cálido y húmedo, invadió sus vías respiratorias, al tiempo que un montón de manteles manchados y arrugados caía sobre sus cabezas.

–¡Oh, Étienne! –oyeron que decía la voz aterciopelada de la señora Blanchart–. ¡Qué detalle! ¿Verdad que llevarás estos cuatro mantelitos a la lavandería? A lo mejor tu amigo te ayuda...

–¿Llama «cuatro mantelitos» a esta montaña de ropa? –susurró Víctor, sepultado bajo el montón de ropa sucia.

–Te avisé.

Quedaron en silencio unos segundos, hasta que Víctor dio un toquecito a Étienne:

–¿Es que no vas a decirle nada?

–¿Nada de qué...? ¡Oh, ya recuerdo! Mamá... –empezó a decir Étienne.

Nadie contestaba, por lo que decidió deshacerse de algunos de los manteles que todavía lo cubrían. Cuando logró sacar la cabeza, descubrió que otra montaña de manteles se dirigía hacia ellos. Por debajo del montón asomaban intermitentemente los zuecos blancos de mamá Blanchart.

–¡No, mamá! ¡No!

Una nueva oleada de manteles pringosos les cayó encima.

–¡Mamá! –se desgañitó Étienne, luchando con manos, uñas y dientes para emerger del montón de ropa sucia.

Su madre lo observaba con las manos entrecruzadas sobre el regazo y una sonrisa agradecida en los labios.

–Dime, tesoro –sonrió.

–Esta noche había pensado quedarme en el hotel y...

–¿Ya has llamado a tu hermano François?

–¿A François...? Vaya, se me había olvidado...

–No importa –contestó ella mientras se daba la vuelta y comprobaba con los dedos la temperatura de la plancha–. Me bajas esos mantelitos a la lavandería y luego puedes irte.

Se miraron. Étienne no pudo sofocar un ruidoso suspiro.

–Manos a la obra, ¿no? –dijo Víctor, en un intento de subir la moral.

–¡Qué remedio! –respondió Étienne sin entusiasmo.

Cada uno se hizo con un puñado de manteles y desfilaron lentamente hacia el montacargas. Pulsaron el botón de la lavandería y esperaron a que volviera vacío. Luego, volvieron a recoger los manteles que quedaban.

–Este mantel... –dijo Víctor, levantando la punta de uno que le resultaba familiar, pues estaba manchado de ketchup, aceite, nata y trocitos de pizza cuatro quesos–. Hay que ver qué sucia es la gente –concluyó, guiñando un ojo a Étienne.

–¿Y qué me dices de este otro?

Étienne había recuperado su buen humor y mostraba uno lleno de pisadas y de manchas de las salsas más caras del menú.

–Esa Clearwater se merecía una lección.

–Muchos en este hotel se la merecen –aseguró Étienne.

Siguieron trabajando en silencio, separando los manteles según el color y transportándolos al montacargas.

De repente, al levantar un mantel, un papelito salió despedido y revoloteó unos segundos como una mariposa blanca. Víctor lo siguió con la mirada, hasta que aterrizó junto a sus pies. Se agachó a recogerlo.

–«Invitación a la reunión anual. Club Exclusive». Vaya chorrada –dijo, arrugando el tarjetón.

–¡Déjame ver eso!

Al leer el papel que le pasaba Víctor, una gran sonrisa se dibujó en los labios de Étienne hasta convertirse en carcajada.

–¡Genial! –exclamó–. ¡Una invitación! ¿Te das cuenta?

–Pues... no –respondió Víctor.

–¿No te has fijado en los clientes del hotel? Todos son unos... unos...

–¿Ricos-repelentes-repugnantes, por ejemplo?

–Muchos son miembros del Club Exclusive –explicó Étienne–. Es un club de élite que se dedica... La verdad es que no se dedica a nada.

–¡Ah!

–Y cada año tienen una reunión «hiperexclusiva» en algún lugar del mundo. Este año será en Crillon, y tú y yo vamos a asistir.

–¡Para el carro! –le ordenó Víctor–. Primero, esas convenciones son un aburrimiento: yo no asisto ni a la de mi padre. Y segundo, pasado mañana me largo de París y regreso a mi país.

–No hay ningún problema –contestó Étienne alegremente–. Primero, nosotros haremos que sea un poco más interesante. Y segundo, la reunión es mañana por la tarde.

Víctor se sintió acorralado. A su alrededor quedaban todavía varias docenas de manteles y su hermana seguía desaparecida, probablemente secuestrada.

–Mira, Étienne –propuso tras reflexionar unos instantes–. Primero acabamos con lo de la lavandería, después rescatamos a mi hermana y, al final, si queda tiempo, vamos a eso del Club No-Sé-Qué.

–Trato hecho.

Al poco rato, subían por la gran escalinata del hotel. En el rellano del primer piso oyeron con gran nitidez los chillidos de lady Clearwater que, todavía borracha, trataba de liberarse de las cadenas que la ataban a la gran cama de la suite Luis XV. Su perro aullaba tristemente en el cuarto contiguo.

Recorrieron en silencio el pasillo del tercer piso hasta la habitación 313.

–Byte siempre tiene razón... –suspiró Étienne–. Eres un despistado: te habías dejado la puerta abierta.

Víctor entrecerró los ojos con desconfianza y espió por la rendija. Nada sospechoso. Abrió la puerta de una patada y contempló su habitación. El armario estaba abierto; los cajones, desperdigados; las sábanas, por el suelo; la nevera, vacía... La habían registrado a conciencia.

–¡¿Es que nada saldrá bien?! –gritó Víctor, irrumpiendo en el interior.

Étienne lo siguió, tratando de no pisar ningún mueble, ninguna sábana, ningún cristal. Pasearon la mirada por todos los rincones en busca de algún indicio, de alguna pista. El espectáculo era descorazonador.

¡Ñieeec! La puerta chirrió... Víctor y Étienne se volvieron. Alguien que había permanecido tras ella los observaba con deleite. Con la mano derecha sostenía su bastón en alto y con la izquierda cerró la puerta. Sin quitarles el ojo de encima, corrió el cerrojo. Distinguían su figura, pero los rasgos de su cara estaban ocultos en la penumbra, a la sombra de las cortinas.

–Buenas tardes, muchachos –dijo con voz sombría–. Me lo habéis puesto difícil, pero, al fin...

Avanzó unos pasos, incapaz de disimular su cojera. La luz anaranjada del atardecer le dio de lleno en el rostro. Víctor y Étienne se sobresaltaron al reconocer la blanca melena, las pobladas cejas y el abundante mostacho de su perseguidor.

¡Víctor, eres un inútil! (III)

El viejo de pelo blanco y revuelto, que los había espiado en la biblioteca, que los había seguido por la ciudad y que casi los atrapa en el almacén de Laffitte, estaba ahora frente a ellos, amenazándolos con su bastón de punta metálica. Eran más de las cinco.

Los sucesos de esos dos últimos días cruzaron por la mente de Víctor a una velocidad vertiginosa: la llegada al hotel, el descubrimiento del laboratorio, el robo de la máquina, las apariciones del esqueleto y del fantasma, el secuestro de su hermana... ¡Y, ahora, esto!

La vista se le nubló y sintió ganas de llorar. Pero, apretó los puños con fuerza, y miró desafiante al viejo.

—¿Qué quiere? —le preguntó con voz seca y cortante.

—La máquina —respondió el anciano sin pestañear.

—¿La máquina? —suspiró Étienne. Acto seguido, se desmayó.

–¿Eh? –dudó el viejo, al ver que el chaval caía redondo al suelo.

–¡Ahhh! –gritó Víctor.

En un par de saltos cruzó la habitación y agarró el bastón del viejo con ambas manos. El anciano dio un paso atrás y sacudió su arma frenéticamente, tratando de deshacerse del chico. Pero Víctor dio un tirón inesperado y logró arrancar el bastón de las manos del viejo.

–¡Demonios con el muchacho! –se quejó el anciano, dando un paso al frente para recuperar su arma. Víctor lo esquivó y se refugió bajo la cama.

Esta maniobra le dio unos segundos para recapacitar. Étienne estaba desmayado, al otro lado de la habitación, indefenso. Frente a él, las sábanas y los cajones tirados por el suelo. Si lograba que el viejo...

–¡Eh, vejestorio! –se burló Víctor, saliendo de debajo de la cama–. ¡Ven a buscarme, si te atreves!

–¡Qué modales! –se quejó el anciano corriendo hacia Víctor, que sacudía el bastón con descaro.

Víctor se agachó junto a su amigo cuando el viejo estaba a no más de dos pasos y tiró de las sábanas con todas sus fuerzas. El intruso notó que el suelo se escurría bajo sus pies y perdió el equilibrio.

–¡Oh! –exclamó mientras volaba por los aires.

–¡Strike! –gritó Víctor.

El viejo cayó con gran estruendo sobre los cajones, que se rompieron en mil pedazos.

–¡Oh! –se quejó, arrancando una astilla que se le había clavado en las posaderas.

Sin darle un respiro, Víctor arremetió de nuevo contra él. Le echó la sábana por encima y le anudó fuertemente las manos con el cable del teléfono y los pies, con la funda de la almohada. Después, exhausto, se estiró sobre el colchón para recobrar el aliento.

–Víctor...–se felicitó entrecortadamente–, eres un auténtico crack.

Cerró los ojos. Estaba agotado y confuso. Étienne respiraba apaciblemente, inconsciente. El viejo jadeaba y gemía lastimosamente. Y Byte...

–¡Byte! –exclamó de repente, mientras saltaba de la cama–. La había olvidado... Habrá que hacer algo, pero... ¿qué? –se preguntó, mientras daba vueltas nerviosamente por la caótica habitación.

–Muchacho... –dijo el viejo roncamente.

–¡Usted, cállese! –le gritó Víctor, que ya no podía más, en un arranque de cólera.

–Tal vez debería darte una explicación –aventuró–. ¡Ay! –exclamó al extraerse otra astilla con las manos atadas.

–¿Mmm? –Víctor le lanzó una mirada de desconfianza.

–Verás –empezó a hablar con voz conciliadora–. Me llamo Ragueneau, Maurice Ragueneau. Trabajo para Trouton Recherche Scientifique. Es una empresa de tecnología que a lo mejor te suena...

–¡¿Que si me suena?! –se enfadó Víctor.

–Disculpa, joven –se excusó el anciano–. No pretendía ofenderte...

Sonó un pitido agudo. Víctor sacó su móvil y leyó otro mensaje de su hermana.

–«SOS. Trouton malvados. Miedo. SOS. SOS. SOS».

Víctor levantó los ojos de la pantalla y resopló. Miró a Étienne, que seguía desmayado, con la lengua fuera. Miró la sábana, bajo la que se retorcía el anciano. Una idea cruzó su cerebro como un cohete.

–¿Dice usted que trabaja para Trouton?

–Más o menos... –contestó el anciano, que temía decir algo equivocado.

Una ancha sonrisa de satisfacción se dibujó en los labios de Víctor mientras tecleaba con el pulgar un mensaje para su hermana.

–Mensaje... recibido... –leyó conforme las letras aparecían en la pequeña pantalla–. Todo... bajo... control. Víctor... al... ataque. ¿Enviar? –preguntaba el teléfono–. Afirmativo –dijo al presionar el botón verde.

El anciano lo miraba inquisitivamente a través de un pliegue de la sábana.

–Bueno, Rague-lo-que-sea –empezó a hablar Víctor, que presentia la mirada del intruso clavada en su cogote.

–Ragueneau, Maurice Ragueneau para servirle.

–Eso. Va a serme usted de gran ayuda... Verá, debo recuperar a mi hermana, o sea, que... Bueno, ya habrá tiempo para las explicaciones –se interrumpió Víctor, satisfecho de dejar a su prisionero en suspense–. Ahora debo reanimar a mi amigo.

Corrió hacia el baño y llenó un vaso con agua.

–¡Ragueneau, estése quieto, que lo veo! –gritó al percibir a través del espejo que el anciano intentaba liberarse de sus ataduras.

Con el vaso en la mano se arrodilló junto a Étienne y le levantó la cabeza con sumo cuidado.

–Lo siento –susurró–, pero...

Y, sin concluir la frase, le arrojó toda el agua en las narices. Étienne apretó los párpados y sacudió la cabeza.

–¿Pero qué...? –gritó.

–Soy yo, no te preocupes –se rió Víctor.

–¿Y el viejo?

–Todo está bajo control –contestó, apuntando hacia el bulto que había a los pies de la gran cama.

Étienne entrevió un ojo que lo examinaba a través de un orificio. Se rascó la nariz largamente.

–Está vivo, ¿no? –preguntó al fin.

–¡Y tan vivo! Si hubieras visto lo que me ha costado amordazarlo...

–¿Es peligroso?

Víctor se puso serio de repente.

–No lo sé. Pero tengo un plan.

–¿Otro...? –tembló Étienne.

–Éste no puede fallar.

–Ya –respondió Étienne con un gesto de incredulidad.

–Es muy sencillo. Nosotros tenemos a éste, ellos tienen a Byte. Hacemos un intercambio y ya está.

–Y ya está... –repitió Étienne sin demasiada fe–. Hay algo que no me cuadra.

–Imposible –dijo Víctor, recogiendo el bastón del suelo y levantándose–. Lo he calculado todo.

–Sólo una pregunta: ¿Por qué iban a querer ellos a este rehén?

—Porque trabaja para ellos —contestó, sentándose sobre el mango del negro bastón.

—O sea, que es un hombre de Trouton...

El viejo escuchaba la conversación sin comprender. Había decidido no hacer preguntas.

—De acuerdo —concedió Étienne—. Sólo otra cosa. ¿Qué pasa con la máquina?

—¡La máquina!

El anciano no pudo evitar una crispación. Al percibir el espasmo, Víctor y Étienne clavaron los ojos en él.

—¿Seguro que trabaja para ellos?

—Lo ha confesado...

—No sé... —dijo Étienne con desconfianza—. Bueno, ¿a qué esperamos? —preguntó en voz alta—. Byte nos necesita. ¿Has pensado cómo contactarás con Trouton?

—Pues... —dudó Víctor, mordiéndose la uña del meñique—. Ese detalle también se me había pasado por alto.

Étienne se llevó las manos a la cabeza desesperado. Suspiró ruidosamente y dio una patada al único cajón que quedaba entero, que se empotró contra la pared. El pomo de madera, redondo como una bola de billar, salió volando y por poco le da en la cabeza.

—Yo puedo contarles algo de esa máquina —se atrevió a decir Ragueneau.

—¿Qué? —se extrañaron los dos.

—Veréis —dijo tensamente—, hace algún tiempo dicté una conferencia en..., bueno, eso no importa. La cuestión es que expliqué la leyenda del profesor Laffitte y su extraña desaparición. El famoso científico tenía preparada una sorpresa para la Exposición de 1889: una máquina muy especial en la que había invertido todos sus ahorros. Se trataba de un curioso invento capaz de conseguir la hermandad entre todos los pueblos... No sé si alcanzáis a comprender... ¿No? Imaginaos un mundo sin guerras, sin armas, ¡sin violencia! Un ideal muy noble, ¿verdad? Tras años de mucho investigar, he llegado a la conclusión de que la máquina debía de funcionar como una especie de gramófono...

–Exactamente –lo interrumpió Víctor–. Se da vueltas a la manivela y entonces...

–¡Al son de sus dulces notas –se emocionó Ragueneau– los seres humanos desean el bien de su prójimo! Parece mentira que para eso se necesite una máquina. Pero algo falló. Laffitte se encerró en su estudio y puso la máquina en funcionamiento y... mon Dieu! No quiero ni imaginar qué sucedió.

–Si usted supiera... –suspiró Étienne.

–El científico expiró en su laboratorio y la sala fue su tumba.

Una estúpida melodía interrumpió la intervención del profesor. Era el teléfono móvil. Víctor se llevó el auricular al oído.

–¡Byte! –respondió con emoción–. ¿Qué...? ¡¿Quién?! ¿Flamma-qué? –su cara se crispó–. Son ellos –dijo a Étienne, tapando el teléfono.

–¡El plan! ¡El plan! –le gritó Étienne.

Víctor trató de recobrar la calma. Tragó saliva y volvió a escuchar.

–Muchas gracias por el mensaje que ha enviado a su hermana –oyó que le decía Flammarion–. Nos ha permitido descubrir que tenía un móvil y que se estaba comunicando. ¡Ja! ¡Ja! ¡Ja! Mucha televisión y poco cerebro...

–¡Eh, un momento! –lo interrumpió Víctor–. Tengo algo que le interesa.

–¡No me diga! –fanfarroneó Flammarion–. ¿Y qué será?

–Un rehén –dijo decidido.

–¿Un rehén? –se sorprendió Flammarion–. ¿Quién?

Víctor introdujo el móvil por un pliegue de la sábana y lo acercó a la cara de Ragueneau.

–Hable.

Ragueneau, que seguía con las manos y los pies atados, se sopló la melena de la frente y alargó el cuello hacia el teléfono.

–Allô? Monsieur Flammarion? –tanteó–. Soy Ragueneau, Maurice Ragueneau. Supongo que me recuerda...

La cara del profesor expresó una total extrañeza. Víctor, que no entendía nada, se puso el móvil en la oreja.

–¿Oiga? –preguntó.

–¡Ja! ¡Ja! ¡Ja! –se desternillaba Flammarion–. Así que ése es su rehén, ¿eh? ¡Ja! ¡Ja! ¡Ja!

–No comprendo...

–Es muy sencillo –dijo Flammarion, recuperando su voz sombría–. Puede decirle a ese viejo loco que ya no lo necesito para nada. La máquina es mía.

–¡¿Qué?! –preguntó Víctor. No podía creer que su plan fracasara tan pronto–. ¡Un momento! ¡Tiene que haber una salida...!

Víctor andaba por la habitación a grandes zancadas. Étienne lo observaba con atención.

–Byte –suplicó a Víctor–. Que me deje hablar con Byte...

–Déjeme hablar con mi hermana.

–¿Su hermana? –preguntó Flammarion en tono de burla–. Aquí tengo a una mocosa, pero me temo que no desea hablar con usted. No hace más que repetir: «Víctor, eres un inútil».

Flammarion colgó el teléfono entre carcajadas. Víctor miró impotente a Étienne.

–Tiene razón –dijo–. Soy un inútil.

–Será cuestión de trazar otro plan... –le animó Étienne.

Un plan perverso

Byte despertó de repente. Trató de frotarse los ojos, pero unas pulseras metálicas le inmovilizaban las manos y los pies. Un collar la obligaba a permanecer con la espalda recta, pegada al respaldo de una especie de silla eléctrica.

–¿Dónde estoy? –sollozó. Lo último que recordaba era otro pinchazo en el trasero, después de la conversación telefónica entre Víctor y Flammarion.

Aterrorizada, echó un vistazo a su alrededor. Se encontraba en una gran sala circular. A sus pies, una baldosa inmensa y granate representaba una estrella de nueve puntas. Cinco hombres frente a ella, sentados en cinco sillones, la miraban. Aunque no podía volver la cabeza, notaba que detrás más personas la perforaban con la mirada. La pared, extraordinariamente blanca y brillante, ascendía en forma de curva hasta formar una descomunal cúpula sobre su cabeza.

Uno de los caballeros ocupaba una sede aún más espectacular. Era bajo, redondo, de piel gris, casi transparente. Sostenía algo en las manos, que ella no logró distinguir hasta que se puso a barajarlo. Se trataba de un juego de naipes.

Al instante, se levantó otro hombre, escuálido y con una brillante calva que disimulaba con cuatro mechones mal peinados, y empezó el recuento.

—Monsieur Bagarre, consejero número nueve —dijo el secretario Rapport con voz débil y despersonalizada.

—Presente —respondió el hombre con pinta de chiflado que se sentaba a la derecha del personaje de la baraja.

El hombre escuálido pasó lista a los presentes, hasta llegar al noveno. En ese momento el corazón de Byte latía con fuerza al considerar quién debía de ser el personaje que tenía enfrente.

—Monsieur Trouton, consejero delegado, presidente general de Trouton Recherche Scientifique.

Byte no pudo reprimir un suspiro de emoción.

Su sueño se había hecho realidad: se encontraba dentro del edificio Trouton, frente al mismísimo Charles-Auguste Trouton. Y, sin embargo, algo raro se olía en el ambiente.

—Presente —dijo Trouton con voz seca, mientras repasaba los rostros de los consejeros—. Queridos amigos —empezó hablando como era su costumbre—, la suerte vuelve a sonreírnos. Una vez más, nuestro brillante director de proyectos ha logrado rebasar todas las expectativas.

Flammarion respondió a este cumplido con un arrogante movimiento de cabeza.

—Ayer por la noche —continuó Trouton— decidimos apoderarnos de los inventos de Laffitte y esta mañana Flammarion se ha presentado a mi despacho con la obra maestra del inventor en sus manos. Y, lo que es aún más importante —añadió el presidente mirando a Million, que se frotaba las manos con frenesí—, no nos ha costado ni un céntimo.

Los presentes estallaron en un estrepitoso aplauso. Incluso la doctora Fouché se vio obligada a batir palmas, a pesar de que todo aquel asunto y, especialmente el triunfo de Flammarion, la ponía enferma.

—Monsieur Flammarion —prosiguió— ha diseñado una estrategia para sacar el máximo rendimiento de este negocio con una mínima inversión. Su plan es perfecto —añadió siniestramente, notando en las yemas de sus dedos las cosquillas de un as. Descubrió la carta que estaba acariciando y, sin mirarla, la unió a las tres de la noche anterior—. No puede fallar.

Byte entrevió que se trataba del as de tréboles.

—Póquer de ases —musitó sin que nadie pudiera oírla.

—Mi plan —dijo Flammarion, poniéndose de pie a sus espaldas— es sumamente sencillo: pondremos la máquina en funcionamiento. La máquina tiene un radio de acción de...

—Un kilómetro aproximadamente —se apresuró a responder Danton bajo la inquisitiva mirada del director de proyectos—. Pero estamos trabajando ya en un amplificador vía satélite que le dará alcance universal y que...

—Gracias, monsieur Danton —lo interrumpió Flammarion—. La llamada machine de la fraternité —dijo al levantar el velo que la cubría— no es más que un gramófono cuyos inaudibles sonidos provocan alucinaciones atroces. Cuando logremos que los efectos de la máquina lleguen a todo el mundo, comercializaremos un antídoto contra las alucinaciones. Todo el mundo tendrá que comprar nuestras pastillas.

–¡Las venderemos a un precio desorbitado! –rió Million frenéticamente, chorreando sudor por todos sus poros.

–Monsieur Danton y su equipo –continuó Flammarion, paseándose por la sala– han dedicado todo el día a estudiar la máquina y a buscar un antídoto eficaz. Después de muchos intentos han creado tres pastillas que teóricamente reúnen las condiciones para neutralizar sus efectos. ¿Cuál de ellas será la mejor? Para resolver esta incógnita –dijo en un lúgubre murmullo, apoyándose en los brazos de Byte e inclinándose hacia ella– hemos traído a esta encantadora muchacha, que se ha ofrecido para colaborar desinteresadamente con Trouton.

Byte aguantó con valentía la oscura mirada de Flammarion. Respiró con furia y olió la carísima fragancia que usaba el director de proyectos.

–Pero todavía podemos sacar más jugo a esta dulce frutita –dijo, pellizcando la mejilla de Byte.

–¡Ay! –protestó ella.

–¿Han pensado ustedes en los tesoros que se esconden en el misterioso laboratorio de Laffitte? Sí, sí... Yo también –sonrió orgulloso al ver el efecto que su pregunta surtía en los consejeros.

El director de proyectos volvió a concentrarse en Byte y le preguntó a bocajarro:

–¿Dónde está el laboratorio?

Las neuronas de Byte se pusieron en marcha y en cuestión de décimas de segundo hallaron la respuesta adecuada.

–Eso mismo nos preguntó el... la...

–¿Quién? –aulló Flammarion.

–El capitán Dupont de la gendarmería–mintió con candidez–. Y le dimos la dirección completa.

–¡La policía! –se estremeció Flammarion, perdiendo su arrogante sonrisa–. Eso nos deja fuera de juego.

Todos, a excepción de la doctora Fouché, compartieron la desilusión del director de proyectos. Flammarion volvió a su asiento.

–Danton, proceda –ordenó.

El director de investigación se levantó en el acto. Sostenía un casquete metálico del que salían varios hierros multiformes. Avanzó en dirección a Byte y le puso el aparato de aluminio en la cabeza.

–Este casco –explicó Danton– capta los estímulos fotoeléctricos del cerebro y los envía a través de sus antenas a un receptor, que traduce la alteración producida por las alucinaciones en una gráfica parecida a un encefalograma. Para entendernos, cuanto mayores son las líneas verdes que se proyectan en la pared, mayor es el miedo que la muchacha está pasando.

Del casco salían dos bracitos articulados que acababan en una extraña pinza. Danton manipuló cada uno de estos salientes con una mano e introdujo las pinzas en los párpados de Byte para que sus ojos no se cerraran. Desde ese momento byte parecía un sapo de ojos saltones.

–Con estas pinzas –explicó sin dejar de trabajar– impedimos que la paciente cierre los ojos. No tendrá más remedio que sufrir las alucinaciones por entero.

Finalmente sacó unos auriculares ergonómicos de uno de los bolsillos de su bata y los mostró a los consejeros.

–Estos auriculares se adaptan perfectamente a los oídos de la paciente –dijo, mientras los iba colocando en las orejas de Byte–. No podrá oir nada que no le llegue a través de los auriculares, ni nosotros oiremos nada de lo que ella oiga.

Danton seguía hablando, pero a ella no le llegaba el más mínimo sonido. Nada. Empezó a fijarse en todo con más atención que antes y vio con terror que el científico conectaba el extremo del cable de los auriculares a la machine de la fraternité, que estaba a sus pies, como si se tratara de un MP4, y empezó a temblar.

Danton se había agachado para ultimar los preparativos, dispuesto a poner la máquina en funcionamiento. Byte notó que una gota de sudor helado le resbalaba por la sien. Hacía todo lo que podía para ver el trabajo del científico, pero solamente lograba vislumbrar su cabeza, su pelo gris... Danton dio una vuelta enérgica a la manivela y se giró para observar a la paciente.

–¡Aghhh! –gritó Byte de repente. El rostro arrugado de Danton se le aparecía ahora putrefacto y roñoso. Unas enormes antenas de caracol le nacieron en la frente. Abrió la boca y, entre los babosos dientes amarillentos, asomó una lengua morada y bífida. Un líquido viscoso, negro como el carbón, cayó de su boca y manchó la gran baldosa estrellada.

—¡No es verdad! —chilló, tratando en vano de cerrar los ojos—. Es una alucinación. ¡No es verdad! ¡No es verdaaad...! ¡Glups!

Alguien le introdujo una pastilla en la boca. Tenía un sabor profundamente amargo y vomitivo. La vista se le nubló y, por un momento, creyó que iba a surtir efecto.

Bajó la mirada tanto como le fue posible. Alcanzó a ver de modo borroso la gran baldosa estrellada, pero... parecía como si sus puntas se estuvieran encogiendo, como si la baldosa se contrajera. De golpe, la estrella estalló, se deslizó bajo sus pies y salió volando. Adquirió la forma de un gran monstruo alado en cuya cabeza crecía algo parecido a una cresta. La bestia rojiza batía sus extensas alas, casi transparentes y llenas de nervios, y estiraba las patas, que terminaban en unas afiladas garras de uñas negras y brillantes.

—¡Socorro! —gritó aterrorizada—. ¡Un pterodáctilo!

La bestia informe se había convertido en un ave prehistórica. Se puso a revolotear por la sala del consejo, cerca de la cúpula, y clavó sus ojos en Byte, atada a la silla. Una sonrisa monstruosa dejó al descubierto sus profundas fauces y sus afilados colmillos. Byte perdió de vista las paredes y la cúpula, y se sintió perdida en medio de una grotesca noche de invierno. Los nueve sillones aparecían a sus ojos como nueve tétricas lápidas, y los nueve consejeros, como nueve zombis que huían de sus sepulturas.

—¡Socorro! —repitió al ver que uno de los zombis se le acercaba con un brazo extendido. Una mano carcomida por los gusanos se acercó a su cara. Byte tenía la cabeza inmovilizada y no podía hacer nada para evitar que esos dedos podridos le rozaran los labios y se le introdujeran en la garganta–. ¡Glups!

Comprendió que le habían dado otra pastilla y rezó para que funcionara. La pastilla le supo ácida, como a limón. Cuando le llegó al estómago, notó que entraba en efervescencia y que empezaba a burbujear en su interior.

–¡Burf! –eructó con gran estrépito.

De su boca salieron un montón de burbujas azules, verdes y amarillas de todos los tamaños, que pulularon por la sala. El pterodáctilo las miraba con sus hambrientos ojos llenos de pavor. Lanzó un escalofriante e inaudible aullido, las esquivó y se elevó hasta el punto más alto de la cúpula.

Byte no podía dejar de gritar y, con cada grito, salían de su boca nuevas pompas multicolores. El pterodáctilo se dio cuenta de dónde salían las inofensivas burbujas y se lanzó en picado contra ella.

–¡Aghhh! –chilló al ver que el monstruo pretendía perforarla.

A su lado, Danton aprovechó el grito para introducir en su boca la tercera y última pastilla.

–¡Glups! –Byte se la tragó justo en el momento en que el pterodáctilo iba a atravesarla con su pico curvado.

Al engullir la tercera pastilla, el ave prehistórica se desvaneció en el aire, dejando alrededor un humo espeso que se diluyó velozmente entre las burbujas que todavía salían de su boca y ascendían hacia la cúpula.

–O sea, que las burbujas eran de verdad... –susurró Byte.

–¡Tenemos el antídoto! –saltó Flammarion fuera de sí–. ¡Ya nada nos puede detener!

–Efectivamente –corroboró Charles-Auguste Trouton–. Tenemos el antídoto. Ahora hay que poner el plan en marcha. Por favor, Sevère... –añadió, descubriendo una nueva carta que llevaba tiempo acariciando. Un comodín.

–¡Repóquer de ases! –se sorprendió Byte, escupiendo docenas de burbujitas.

–El plan es el siguiente –explicó Flammarion mientras se sentaba y recuperaba la calma–. Mañana haremos una prueba piloto en un espacio limitado y muy concurrido. Habíamos pensado en la Torre Eiffel. Danton y su equipo trabajarán durante la noche en el amplificador espacial. Si todo funciona según lo previsto, y no veo por dónde puede fallar mi magnífico plan –apostilló–, el lunes, o sea, pasado mañana, el amplificador entrará en funcionamiento. Y, por supuesto, nuestras pastillas Trouton fraternité se encontrarán ya en todas las tiendas de todas las ciudades de todos los países de todo el mundo. El éxito está garantizado.

–Bravo, Sevère –le felicitó Charles-Auguste Trouton con voz sombría mientras se deleitaba contemplando su repóquer de ases.

Rumbo a Trouton

–Soy un inútil completo y absoluto... –se repitió Víctor al borde de la desesperación. Por unos instantes, que le resultaron eternos, la habitación 313 quedó sumida en un silencio trágico, pesado y agobiante.

–¡Ánimo, muchacho! –dijo el anciano–. No desesperes...

–Ya tienen la máquina, ¡no hay nada que hacer!

–Pues, ¿qué hacemos aquí parados? ¡Hay que rescatarla!

Víctor frunció el ceño.

–Mmm... ¿Rescatar a quién, Ragueneau? ¿A Byte o a la máquina?

–A las dos, muchachito. ¡Imaginad qué puede provocar ese artilugio en las codiciosas y traicioneras manos de Trouton!

Víctor lo miró de soslayo.

–Puede que este hombre no esté de nuestra parte –declaró Étienne–, pero, al menos, está contra ellos.

El laboratorio de Laffitte permanecía hosco y lúgubre como la víspera. El profesor se les adelantó por el oscuro túnel, la gabardina al viento y haciendo repicar alegremente los adoquines con su bastón. Volvía la cabeza a derecha e izquierda para señalar los inventos necesarios, que Víctor y Étienne cargaban con esfuerzo.

–Cojamos también esto –dijo frente al intercommunicateur électrique–. Servirá para el asalto sorpresa a Trouton.

–¿A... asalto sorpresa? –titubeó Étienne, tomando el casco.

–Claro, claro, muchachito –explicó el profesor, estudiando la bicicleta con el faro en forma de ojo–. Tengo un plan.

Víctor se montó en la machine d'espionnage.

–¿Un plan peligroso? –le preguntó mientras pedaleaba a su lado.

–Peligroso es poco decir –Ragueneau lo miró, meneando los bigotes y sonriendo–. Será osado, arriesgado, ¡temerario! –sentenció, blandiendo el bastón a modo de espada.

–Pues qué bien –murmuró Étienne asqueado.

–¡Por mi difunta mujer, que en paz descanse! –exclamó el anciano al descubrir ante sí el perforateur.

Se puso a examinarlo detenidamente, subió con agilidad por la escalerilla y abrió, poco a poco, el maletero. Los goznes chirriaron.

–Voilà! Meted aquí nuestras «armas» y cargad el horno de combustible. Yo veré cómo puedo ponerlo en marcha. ¡Venga esos maderos! ¡Es la guerra! –ordenó, señalando un montón de traviesas de la antigua vía.

Desapareció dentro de la máquina y, al instante, empezaron a oírse ruidos metálicos, frenéticos, como si Ragueneau aporreara cada tubo, cada válvula y cada mecanismo con su bastón. Después se hizo un largo silencio, hasta que un débil murmullo se transformó en un fiero rugido como de león. La chimenea escupió dos espesas volutas de humo, que ascendieron por el aire y se desintegraron al tocar el techo.

–Tomad –dijo, alargando a Étienne y Víctor unas antiguas gafas de aviador desde la cabina del piloto–. ¡Poneos esto, que vamos a despegar!

El vehículo rugió y se encendieron dos potentes faros bajo los ojos de buey de la cabina. El túnel quedó iluminado por un chorro de luz blanca que salía disparada de la cabeza de la gran maquinaria.

Víctor y Étienne se metieron por la puerta trasera y avanzaron hasta la cabina. El angosto pasadizo del perforateur estaba lleno de tuberías y relojes, cuyas agujas empezaban a girar.

–¿Funcionará? –se preguntaba Ragueneau, sentado al volante, al pulsar una de las palancas.

Las ruedas dentadas se movieron. El profesor giró el volante y el gran huevo de cobre con nariz de hierro se introdujo en el ramal de la izquierda. Avanzaron lentamente, a trompicones, mientras el suelo temblaba bajo sus pies.

–¡Guay! –dijo Étienne, comenzando a animarse.

Al impulsar más a fondo la palanca, el perforateur rugió atronadoramente y aceleró. Después, el profesor pulsó un botón rojo y la broca de hierro empezó a girar.

–¡A toda máquina! –gritó.

La barrena hacía un ruido infernal. Tras recorrer unos cien metros, el vehículo se estabilizó. El profesor soltó el volante, extendió un mapa encima del tablero de la cabina y lo estudió.

–Aquí –dijo, señalando un punto en el plano–, a las afueras de París, está el edificio Trouton. Si seguimos en dirección norte tres kilómetros y viramos 35° al este... –dijo, mirando su reloj–. ¡Sí! A las dos en punto de la madrugada llegaremos a...

–Una gran sala –lo interrumpió Víctor, que miraba el túnel iluminado por los focos.

Frenaron en seco. A derecha e izquierda, en las paredes de esa gran cámara subterránea, se abrían oscuras bocas excavadas a la medida del perforateur. En una placa oxidada y medio caída al lado de una de ellas ponía «À l'Antartide. Au centre de la Terre», se podía leer encima de otra abertura que descendía vertiginosamente.

–Vaya con Laffitte... –dijo Ragueneau, rascándose la cabeza–. ¡Tomemos el camino de la derecha! –decidió tras un apresurado cálculo.

Recorrieron un buen trecho hasta que se encontraron frente a la pared de roca. Ahí acababa el túnel.

–Hasta aquí llegó Laffitte. ¡Ahora nos toca a nosotros!

Impulsó la palanca hasta el fondo. El perforateur echó una nube de humo negro por la chimenea y la broca empezó a taladrar la piedra como si fuera un terrón de azúcar.

Avanzaban a buen ritmo hasta que, pasada media hora, Ragueneau dirigió el perforateur a la superficie.

–Si no hemos errado el cálculo, nos encontramos ya cerca de Trouton...

Cuando la máquina emergió a la superficie, el anciano sacó la cabeza por la escotilla.

–Hemos errado el cálculo –certificó–. Esto es el Ayuntamiento de París.

Un borracho se restregó los ojos, incrédulo ante la monstruosa máquina. Ellos dieron la vuelta y se metieron de nuevo en el túnel.

–¿Y qué pasará cuando descubran el agujero? –preguntó Víctor.

–¡Oh! No os preocupéis –aseguró Ragueneau–. Todas las ciudades importantes están llenas de agujeros... A nadie le extrañará. ¡Sigamos!

Pasadas las tres de la mañana emergieron de nuevo y abrieron la escotilla. Era noche cerrada. En el cielo titilaban escasas estrellas y hacía frío. Delante de ellos, a unos quinientos metros, tenían los modernos edificios de Trouton Recherche Scientifique: un gran bloque en forma de cono truncado invertido y unido, a través de una construcción chata, a un altísimo cilindro de titanio y cristal. Este cilindro estaba coronado por una cúpula plateada semicircular. A través de los cristales ahumados se adivinaban laboratorios y despachos débilmente iluminados. Sombras curiosas y amenazadoras deambulaban por los pasillos.

Iluminaban el complejo unos focos halógenos que se reflejaban en las grandes cristaleras de ambos edificios. Las vallas electrificadas debían de tener más de cuatro metros de altura y en sus extremos varias torres de vigilancia invitaban a no adentrarse en ese terreno sin la debida autorización.

Salieron del perforateur, que asomaba sobre el césped, y se agazaparon tras unos arbustos.

–Es ahí –susurró Ragueneau, señalando el edificio.

–No me diga –murmuró Víctor malhumorado.

Descargaron el material con mucho sigilo y lo fueron trasladando a escasos metros de la valla electrificada. Víctor y Étienne eligieron el viseur de nuit y la machine paralysatrice.

Se colocaron el intercommunicateur électrique en la cabeza y lo encendieron. Los delgados rayos catódicos unieron las antenas y una corriente les hizo cosquillas en el cráneo.

–¿Podemos confiar en él? –susurró Víctor a Étienne.

–A mí me parece que sí –le respondió Étienne, encogiéndose de hombros.

–¿No se largará en cuanto encuentre la máquina? –preguntó Víctor a su amigo.

–¿Acaso tenemos otra alternativa? –sentenció Étienne.

La blanca cabellera de Ragueneau había quedado oculta por un pasamontañas negro de guerrillero. De su cinturón colgaban los objetos más diversos: un martillo, una taladradora, una linterna, una batidora, varios instrumentos no identificables y una pata de conejo.

–Esto lo conservo de mis tiempos en la legión extranjera –susurró, mostrando su amuleto–. Sincronicemos los relojes. Son ahora las cero-tres, cero-ocho, cero-cuatro de la madrugada. Dentro de dos minutos, a las cero-tres, diez, cero-cuatro, habré desconectado temporalmente la alambrada. Tendréis cinco segundos para cortarla con este láser –añadió, alargándoles una linternilla.

–¿Con esto? –susurró incrédulo Étienne.

–Con esto –confirmó Ragueneau sonriente–. Tiene un amplificador cuántico y corta una plancha de acero en una milésima de segundo. Nos dividiremos. Vosotros entraréis por allí –dijo, señalando la puerta del bloque cilíndrico de la cúpula–. Yo entraré en el otro edificio. A la menor señal de peligro, salimos echando virutas.

–¿Echando qué? –se extrañó Étienne.

–Perdiendo el pompis –tradujo Víctor.

Ragueneau, con agilidad felina, se deslizó hacia la alambrada. Ellos prepararon sus «armas» y encararon el frío edificio acristalado, el no va más de la ingeniería constructiva.

«Eso debe de contar con las defensas tecnológicas más modernas», pensó Víctor, tirándose al suelo a escasos centímetros de la valla.

«¡Glups!», hizo entonces Étienne.

–Son las cero-tres, diez, cero-cero –informó Víctor–. Cero-uno, cero-dos, cero-tres y...

Las luces se apagaron y Trouton Recherche Scientifique quedó sumido en tinieblas. Ragueneau se las había arreglado para cortar el suministro eléctrico a varios kilómetros a la redonda. El silencio era absoluto. La noche, gélida.

«Esto empieza a funcionar. ¡Vamos!», se dijo Víctor satisfecho.

Étienne prendió el láser, que emitió un delgado e intenso rayo de color frambuesa. Lo acercó a la alambrada de acero y la fundió como si fuera mantequilla. Sigilosamente se acercaron al cilindro de cristal. En la negrura que los envolvía, sólo el reflejo de la luna brillaba tenuemente en las paredes acristaladas.

–¡La puerta! –Étienne se paralizó–. ¡Se está abriendo y... sale algo!

Víctor volvió atrás y se montó rápidamente en la machine d'espionnage. Se puso las gafas, unidas al manillar por unos cables, y empezó a pedalear. En unos instantes le llegó la imagen captada por el ojo gelatinoso: dos descomunales figuras rojas sobre fondo negro salían por la puerta del edificio. Leyó en la pantalla:

Descripción: dos seres antropomorfos
Materiales: hierro, plástico y cableado
Extras: pequeño chip en la cabeza y gran batería de litio a la espalda
Altura: 2,5 metros
Peso: el de un toro de lidia: 600 KG
Especie: ¿trolls?
Intenciones: no amistosas o desconocidas

Víctor indicó a Étienne que lo siguiera hacia la puerta.

–¿Estás loco? –le dijo éste.

–Tranquilo, con esta oscuridad no pueden vernos –sonrió Víctor mientras avanzaba a gran velocidad.

Los dos guardas metálicos se dieron la vuelta y empezaron a correr hacia ellos. El suelo temblaba bajo sus pies.

—¡Ven a oscuras! —se lamentó Étienne, buscando a derecha e izquierda un sitio por el que escapar.

—¡El paralysateur! —le urgió Víctor sin dejar de pedalear—. ¡Rápido!

—Está cargado —respondió Étienne, temblando como un flan. Apostó los pies firmemente en el suelo y apoyó la culata del paralysateur en el hombro. Ahora los distinguía perfectamente. Eran una especie de trolls de hierro, plástico y otros elementos, quizás animales, quizás humanos. En la minúscula cocorota, entre raídos mechones de pelo, destacaba un gran ojo sin párpado, eternamente abierto. Tenían los brazos musculosos y las piernas cortas.

—¡¡¡Frena, frena!!! —chilló Étienne aterrorizado.

Pero Víctor siguió pedaleando hasta que uno de los guardianes se le echó encima y lo agarró por el cuello. La bici cayó al suelo al levantarlo hasta la altura de su ojo.

Étienne apretó el gatillo.

¡Pfff!, sonó el paralysateur como si se le hubiera escapado una ventosidad. Un chorro de líquido viscoso impactó en el abultado vientre del monstruo, que se tiñó de rosa. Los dos engendros se golpearon la rodilla con el hercúleo brazo de hierro y se retorcieron de risa.

—¡JuáX51! ¡JuáX52! ¡JuáX53!

—¡No es más que una pistola de agua! —sollozó Étienne.

—¡Agita los frascos! —alcanzó a decir Víctor, pataleando en el aire mientras el monstruo lo estrangulaba.

Étienne le obedeció. Los líquidos se mezclaron y se volvieron dorados como la miel, con destellos de un poder insospechado.

Mientras, el segundo robot se le acercaba y alargaba el brazo para cogerle el arma, Étienne disparó su escopeta. Un fulgurante chorro de estrellas salió como un misil de la trompetilla metálica e impactó de lleno en el vientre del guarda.

–¡Arkjhhh! –gritó entre chispas y humo–. ¿Sdk U6432? ¡Bas dalo-pa87O!

Sin soltar a Víctor, el otro apuntó a Étienne con su brazo ametrallador.

–¡Mamááá! –gritó al apretar el gatillo con furia, dando una voltereta lateral para esquivar la descarga.

–¡Arkjhhh! ¡987dla! ¿Dfejkwr, 58796? ¡Wres-pufff! –chilló el monstruo, despidiendo una nube verde y apestosa.

Los dos engendros de Trouton cayeron petrificados al suelo, en posición fetal. Víctor se deshizo de la zarpa que lo ahogaba y respiró aliviado. Étienne sopló el humo que despedía el cañón de la pistola y observó con deleite a sus víctimas. En lugar de brazo izquierdo, poseían un multiametrallador láser. En la solapa de sus uniformes azules se podía leer: *Trollier Z-245* y *Trollier Z-243*. Hizo girar velozmente su arma y la metió en su bolsillo.

«Espero que los efectos del paralysateur sean permanentes», pensó Víctor, a su lado.

Operación Trouton (I)

Sin pronunciar palabra penetraron en el edifico Trouton por la puerta por donde habían salido los Trolliers. Frente a ellos aparecieron dos nuevas figuras de cabeza redonda, con delgadas antenas en lugar de orejas, unidas por un brillante rayo carmesí. A Étienne se le heló la sangre.

–Somos nosotros –lo tranquilizó Víctor, quitándose el intercommunicateur électrique.

La pared de vidrio en que se reflejaban sus temblorosas siluetas daba a un patio interior. Dejaron los cascos en el suelo y anduvieron unos metros agazapados. Víctor abría paso, estudiando cada rincón. Étienne lo seguía pegado como una lapa, apuntando en todas direcciones con el paralysateur y agitando los líquidos cada dos por tres.

–Ahí...

Víctor había descubierto una puerta angosta y disimulada. Étienne se tiró al suelo, dispuesto a disparar. Tiritaba de miedo y sentía que el sudor le resbalaba por la sien. Víctor dio un paso, giró el diminuto picaporte y se hizo a un lado.

El cuarto de limpieza estaba lleno de fregonas, cubos y botes de lejía.

–Mmm... –hizo Víctor tras unos segundos–. Parece que nuestro enemigo se ha retirado.

Avanzaron con cautela por los despejados pasillos de la planta baja sin hallar vestigio de Byte, hasta que una explosión apagada les llegó desde lo profundo del edificio y ambos pensaron en lo que estaría haciendo Ragueneau.

–A lo mejor, arriba... –se apresuró a sugerir Étienne.

–Mmm... –repitió Víctor.

El ascensor aún no funcionaba, por lo que subieron a pie los escalones que conducían al piso superior. Al llegar se quedaron sorprendidos, boquiabiertos, fascinados.

–¡Vaya despacho! –se admiró Étienne.

La estancia, redonda y perfecta, presentaba un aspecto imperial. Sobre sus cabezas, la cúpula blanca y semiesférica que habían visto desde el exterior cerraba un espacio celeste, un universo en miniatura, un firmamento esmaltado, racional y seductor. A sus pies, en la gran baldosa de estrella, sus figuras se reflejaban como en un espejo, tintadas del color morado del mármol. Tres de las nueve puntas dibujaban la T de Trouton, el emblema de la compañía.

–No sé tú –jadeó Étienne–, pero desde luego yo necesito un descanso...

Nueve magníficos sillones de cuero se levantaban sobre las nueve puntas de la estrella. Ocho eran idénticos entre sí. Descansaban sobre una sola pata metálica, tenían el asiento y el respaldo tapizados en piel animal, y los brazos, el respaldo y la pata estaban interconectados a través de numerosísimos tubos de forma elegante y bella. Únicamente el sillón erigido al pie del emblema se sostenía sobre cuatro robustas patas, adornadas por hojas de acanto. Su aspecto regio tenía algo de extraterrestre.

–Ahora que lo dices... –concedió Víctor, cautivado por el sillón de la presidencia.

El butacón se amoldó a su cuerpo. Nunca, jamás, se había sentido Víctor tan cómodo.

–Buenas noches –oyó que susurraba el sillón–. Mide usted un metro con cuarenta y cinco centímetros, y pesa cuarenta kilogramos.

–Buenas noches –saludó el sillón de Étienne, a la derecha de Víctor–. Mide usted un metro con cuarenta y tres centímetros, y pesa sesenta y tres kilogramos. Debería adelgazar. ¿Desea algo?

–Mmm... Una latita de CocaCola y unas patatas fritas, para empezar –respondió Étienne.

Mientras uno de los brazos mecánicos servía el pedido a Étienne, Víctor empezó a probar los mandos de su sillón. Activó una dulce melodía de violines, desató una brisa suave y perfumada, y accionó el movimiento rotativo de los sillones.

–¡Basta, basta! –protestó Étienne–. ¡Voy a vomitar!

Víctor presionó otro comando y se activó un sistema de hologramas 3D, que parecían emerger de la mismísima baldosa estrellada. La rotación de los sillones se detuvo.

—Bienvenidos a la sala del consejo del edificio Trouton —dijo la imagen de un hombre rechoncho y pálido, levemente translúcido, que barajaba un juego de naipes—. Mi nombre es Charles-Auguste Trouton, consejero delegado y presidente general de Trouton Recherche Scientifique. Póngase cómodo y disfrute de un mundo mejor, un mundo de progreso al alcance de su mano... —su voz se fue apagando a medida que su figura se desvanecía.

Un globo terráqueo con multitud de puntos rojos quedó flotando en el aire.

—Únase a la red más tupida de centros de distribución del mundo entero: esté donde esté, Trouton estará siempre a su lado... —anunciaba una suave y melosa voz femenina.

El globo terráqueo quedó sumido en puntos rojos, se contrajo y se deformó, hasta convertirse en unos labios de mujer. La silueta de una chica sonriente y esbelta se mecía tímidamente frente a ellos.

—Oh, là là! —exclamó Étienne, escupiendo su CocaCola sobre el holograma.

—Adquiera nuestro implante dental de señal GPS —sugería la cálida voz— para saber en todo momento dónde se encuentra su mascota, su empleado o su hijo. ¡Garantía Trouton!

La chica se esfumó, sus dientes amarillearon y se transformaron en granos de maíz. Víctor y Étienne se encontraron en un precioso campo de espigas, doradas por el sol del atardecer. La luz cobriza del crepúsculo bañaba la exuberante vegetación, creando una sensación de paz y armonía infinitas. Al son de los violines, presenciaron cómo el fuego arrasaba los campos y la plantación era sustituida por una humeante fábrica de seis chimeneas.

–Conozca el centro de producción Trouton en Texas, donde se manipulan, sólo para usted, los saludables y nutritivos alimentos transgénicos Trouton délicieux. Semillas que crecen en tres horas con un vaso de agua. ¡Garantía Trouton!

En el siguiente holograma, dos chicos se peleaban saludablemente frente a una alegre modelo que sostenía dos relucientes jeringuillas y que acabó por inyectarles un líquido lechoso. Los niños cayeron redondos al suelo mientras se oía de nuevo la voz etérea.

–Solucione de raíz sus dolores de cabeza. No más discusiones fuera de hora. Sedantes Trouton paix. Efectos inmediatos en seres humanos hasta los quince años. ¡Garantía Trouton!

Acto seguido, varios niños idénticos, vestidos de quimono blanco, jugueteaban con mariposas en un jardín de flores amarillas y naranjas.

–Ahora puede clonar a sus seres queridos en sólo dos semanas. Personas y animales, vivos y difuntos: querer es poder en Trouton. Si el producto no le satisface, le devolvemos su dinero. ¡Garantía Trouton!

La imagen se desvaneció. La respiración entrecortada y colérica de Víctor se confundió con un murmullo lejano, que fue creciendo hasta convertirse en los chillidos horrorizados de una multitud histérica.

–¿Sufre terribles alucinaciones? ¿Demonios? ¿Fantasmas? No deje que la polución y la falta de ozono alteren su bienestar. Pastillas Trouton fraternité. Sea feliz veinticuatro horas al día, trescientos sesenta y cinco días al año. ¡Garantía Trouton!

–¿Qué tiene que ver el ozono con todo esto? –preguntó Étienne perplejo.

–¡Dinero! –sentenció Víctor, saltando del sillón–. Es lo único que les importa.

–¡Espérame! ¿Adónde vas?

–¡A salvar a mi hermana!

Bajaron un par de pisos, hasta dar con una puerta rotulada como «Sale de clonation». Víctor hizo girar lentamente el pomo mientras Étienne preparaba el paralysateur, por si acaso. Una luz verdosa de flúor iluminaba débilmente el laboratorio.

–Entremos –dijo Víctor.

Deambularon entre cilindros de cristal, que albergaban cuerpos animales y humanos latentes, conservados en líquido amniótico.

Varios tubos conectaban a cada criatura clonada con sofisticados aparatos electrónicos, que seguían funcionando a pesar del corte de fluido eléctrico.

–Yo creía que esto sólo existía en las películas... –musitó Étienne consternado.

Víctor lo cogió del codo y le señaló dos tanques de agua, ocultos al fondo del laboratorio.

–¡Qué asco! –exclamó Étienne–. ¡Por eso viene cada año a París!

–Pobre vieja –opinó Víctor–. No sabe qué hacer con su dinero...

Étienne pegó su nariz al tanque donde flotaban la arrugada figura clónica de lady Clearwater y a su lado, el perrito.

–Así es como logró a su nuevo Mylove...

–¡Chssst! –lo interrumpió Víctor–. Hay alguien.

Regresaron con cautela a la entrada del laboratorio. Víctor giró el pomo nuevamente, con sumo cuidado. La puerta batió contra su cara con una fuerza de mil demonios, y los echó al suelo.

–¡Grrr!

Se les heló la sangre. En el pasillo gruñía un enorme y reluciente perro mecánico del tamaño de un dinosaurio. Era tan grande que no cabía por la puerta. Enseñaba sus afilados colmillos de acero mientras que, con ojos amarillos y brutales, los miraba hambriento.

–A lo mejor es otra alucinación... –tanteó Étienne, retrocediendo con ayuda de pies y manos.

El perro mecánico se puso a morder la pared y los laterales de la puerta comenzaron a ceder.

–O... o un holograma... –gimió, al ver que las mandíbulas del perro pulverizaban los ladrillos.

Étienne levantó el paralysateur. El animal dejó de dentellear y dio un paso atrás. Una espesa nube de polvo quedó suspendida entre ellos y el robot.

–¡Cobarde! –gritó Étienne.

De repente, un estornudo ensordecedor los empujó con la fuerza de un huracán. Varios ladrillos salieron disparados. La hoja de la puerta voló hasta impactar contra un tanque de agua lleno de lagartos, que se rompió. Los lagartos se esparcieron por toda la sala.

El perro mecánico se apostó en el umbral de la Salle de clonation.

–¡Grrr!

–¡Por ahí! –gritó Víctor.

Y se lanzó de cabeza por un agujero que se abría en la pared.

–¡Ahhh! –chilló Étienne, corriendo tras él.

El conducto de ventilación bajaba en picado, con vueltas y revueltas, como si fuera un tobogán. Los aullidos del perro se fueron debilitando, hasta perderse en la lejanía. Víctor y Étienne cayeron y rodaron, y se desgañitaron durante una eternidad. Al fin, el tubo perdió inclinación y se detuvieron.

–¡Buf! –sopló Étienne, temblando como una hoja.

–Habremos bajado por lo menos cien pisos –calculó Víctor al levantarse y sacudirse el polvo–. Debemos de estar en los sótanos.

–A oscuras y perdidos –se lamentó Étienne mientras buscaba los fósforos del viseur de nuit–. ¿Y qué pasará si restablecen la corriente eléctrica? Llevamos aquí más de una hora.

–Recemos para que no encuentren el interruptor –sonrió Víctor, dándole unas palmaditas en el hombro.

Étienne logró encender el viseur de nuit y se lo puso en la cabeza. El juego de espejos multiplicó la luz y la proyectó hacia delante.

–¡Y se hizo la luz! –gritó, olvidadas todas sus penas.

–¡Chssst! –le instó Víctor–. ¿No oyes? Parece que alguien está llorando.

Étienne lo miró con extrañeza. Y acto seguido preguntó:

—¿Quién puede...?

—¡Byte! —exclamó Víctor, acercando la oreja al suelo.

—¿Byte? —suspiró Étienne—. Has dicho... ¿Byte?

—¡Es ella! —la cara de Víctor se iluminó y gritó con todas sus fuerzas—. ¡¡¡Byte!!!

—¿Víctor? —respondió ella con voz rota—. ¡Aquí! ¡Debajo de vosotros!

Con un par de patadas rompieron la rendija del conducto metálico. Étienne enfocó el viseur hacia abajo y la vieron.

Se encontraba unos diez metros por debajo de ellos, encerrada en un cubo de plástico transparente. Cuatro gruesos cables de acero lo sujetaban a la estructura de hierro del pozo y lo dejaban suspendido en el aire.

—¡Víctor! ¡Étienne! —lloró ella, cegada por la luz blanca del viseur—. He sido una estúpida... Lo siento de veras... ¡Buááá!

—Tranquila —gimoteó Étienne. Una lágrima se le escapó y cayó en el vacío, acercándose a Byte. ¡Plic!, hizo al impactar sobre el cubo transparente—. No te preocupes, te vamos a salvar...

—Sois increíbles, sois los mejores...

—Vamos, no te pongas dramática —sonrió Víctor, que empezó a descender por la compleja estructura.

—Trouton quiere la máquina para vender sus pastillas —les explicó Byte—. Ha encontrado un antídoto...

—Lo sabemos —dijo Étienne con ternura—. Lo sabemos todo.

—Víctor, no bajes —imploró Byte viendo cómo se balanceaba agarrado a un cable como un simio—. Esto está lleno de láseres. Parece una telaraña... Los habéis desconectado, ¿verdad?

Víctor y Étienne se miraron sorprendidos. No hubo respuesta.

—Los habéis desconectado, ¿verdad? —repitió Byte alarmada—. ¡Víctor! Es un complejo sistema de células fotoeléctricas que...

Un agudo zumbido resonó por los sótanos y le impidió terminar la frase.

—¡Los generadores se están recargando! —chilló Byte, pegando la nariz al cubo de cristal—. ¡Quedaréis más fritos que una croqueta! ¡Marchaos!

Étienne se asomó más al agujero y la miró con lástima. El viseur de nuit se le cayó de la cabeza y la vela se apagó.

—¡Ahhh! —asustada, Byte se acurrucó en un rincón.

A oscuras, en medio de un silencio perturbador, Étienne le mandó un beso esperanzado.

—¡Equipo B36 en funcionamiento! —rugió una voz electrónica—. ¡Avería finalizada! ¡Equipo B37 en funcionamiento! ¡Avería finalizada!

—¡Vámonos! —ordenó Víctor, trepando por los cables hasta el conducto de ventilación.

La telaraña de rayos láser se conectó de nuevo.

—Equipo de seguridad en funcionamiento. Equipo de seguridad... ¡Intrusos detectados en módulo 37!

196

Echaron a correr por el tubo. A lo lejos se oían gruñidos y carreras que se intensificaban. El conducto empezó a retemblar terriblemente, al ritmo marcial de una legión de Trolliers armados hasta las cejas.

—¡Intrusos detectados en módulo 37! –retronaba la voz por todo el complejo.

—¡Al perforateur! –chilló Víctor en medio del estruendo.

—¡¿Quééé?! –gritó Étienne.

—¡Intrusos detectados en módulo 37! –repitió la voz.

—¡Ahhh! –gritó Víctor.

—¡¡¡Kartjeeen... armaxxx!!! –gritó un Trollier frente a un batallón de bestias mecánicas que los apuntaban.

—¡¡¡Por aquí!!! –ordenó Víctor.

—¡¡¡Mamááá!!! –gritó Étienne.

En las oscuras entrañas del edificio, lejos de Víctor y de Étienne, lejos de la machine de la fraternité y del perforateur, lejos, muy lejos, de Rodolfo y Ágata Robles, un cubo de cristal se mecía lánguidamente en el vacío. Acurrucada en una esquina, Byte reprimió un sollozo y levantó la mirada. Una débil esperanza, sorteando los haces de láser cáustico, se asentó en su corazón.

Operación Trouton (II)

T ras dejarlos en la alambrada, el profesor Ragueneau cortó las mangueras de la Compagnie électrique de France con unas tenazas al rojo vivo y dejó sin fluido eléctrico el distrito IV de París. Agujereó la alambrada con otro láser, atravesó el jardín y penetró en el edificio en forma de embudo invertido.

–Un buen registro requiere orden –se dijo, sacando una linterna de su gran maleta–, así que empezaremos por el sótano.

Las escaleras lo condujeron a un subterráneo sombrío donde la compañía desarrollaba en secreto sus prototipos biomecánicos.

–«Sublab BIO-45» –leyó en el protocolo de investigación que colgaba junto a la puerta blindada–. «Bacterias mecánicas UH-TIT/87. Hongos biónicos de seguridad semi-invisibles AI-JJZ/78. Virus informáticos gaseosos

VV-RAT/o8...» ¡Fascinante! –exclamó sin acabar de leer la extensa lista.

La puerta tenía una ventana circular por la que pudo apreciar sofisticados aparatos de medición y cámaras acristaladas, rebosantes de probetas que burbujeaban. La luz de su linterna arrancaba de los frascos destellos fantásticos y magníficos.

Trató de abrir la puerta, pero estaba sellada.

–Vaya... –reflexionó–. ¡Oh! Creo que me quedaba algún explosivo.

¡¡¡Buuum!!!

–¡Achís! –estornudó el profesor, a pesar del movimiento frenético de su mano para apartar la humareda de la explosión–. A ver ahora...

La puerta seguía cerrada a cal y canto.

–¡Oh! –exclamó al ver el cristal roto de la ventana–. Cuando una puerta se cierra, en algún sitio se abre una ventana...

La explosión hizo retemblar los botes y su contenido. Varios recipientes cayeron y se hicieron mil pedazos. El suelo se llenó de un tráfico loco y desordenado. Miles de ojos se clavaron con pavor en la anciana figura que penetraba de cabeza en el laboratorio.

–¡Oh! ¡Oooh!

¡Pum!

El profesor aterrizó al otro lado de la puerta y notó un cosquilleo repentino en la oreja izquierda. Se levantó rascándose vehementemente y comprobó que aún tenía su bastón y su maleta.

—Manos a la obra —sentenció al zarandear violentamente su linterna, que se había apagado.

—¡Ñam, ñam!

Ragueneau enfocó al suelo. Una criatura peluda mordía su bastón de punta plateada. Tenía el tamaño de un balón de fútbol, largos brazos de apariencia humana y una boca descomunal.

—¡Ñam! —aulló otra, idéntica a la primera, colgándose de su maleta.

—¿Quiénes son estos pequeños monstruos? —se preguntó el profesor, abandonando maleta y bastón, y atrincherándose tras un armario bajo de formica blanca.

Seres extraños se le aproximaban por todos lados, brincando, rodando, serpenteando o volando. Tenían un notable parecido con las formas que el profesor había estudiado infinidad de veces en su microscopio. Sin embargo, esas criaturas habían mutado, adquiriendo un tamaño gigantesco, colores vivos e intenciones inciertas.

A espaldas de Ragueneau, una ameba translúcida de tres metros lo escaneaba con sus antenas de caracol. En su estómago centelleaban unos circuitos eléctricos. Sacó su lengua bubónica y relamió la gabardina del profesor, que se giró atemorizado.

—¡Oh...!

La ameba profirió un agudo chillido y asintió, sonriendo y babeando.

El cosquilleo se había desplazado a la oreja derecha del profesor. Docenas de especímenes deformes y repugnantes lo cercaban, profiriendo aullidos ensordecedores.

Una larga planta de jardín se abrió paso y rodeó a Ragueneau como una serpiente enroscándose a su presa. El profesor iluminó con su linterna el grueso tallo purpúreo, que sostenía un gran bulbo a modo de cabeza.

–¡Dios mío...!

A lo largo del cuerpo de la planta gigante nacían grandes ramas rematadas por hojas ovales, agudas y dentadas, del tamaño de un paraguas. Las que había más cerca de la cabeza terminaban en ojos plagados de capilares. De su inmensa y cavernosa boca salía y entraba una lengua negra, larga y viperina.

El picor volvió nuevamente a la oreja izquierda del profesor, que no se atrevía a mover un dedo. Contemplaba con ojos como platos las inconfundibles flores de esa criatura descomunal.

–¡Será posible! –tembló–. Una Oenoterácea Simpliciter de doce metros...

La horrorosa planta se ruborizó. Con un rápido movimiento se puso frente a él y lo miró con sorprendidos ojos de color amarillo limón.

–¿Nozzz conozemozzz? –le preguntó la planta carnívora con voz aguda.

El profesor tragó saliva.

–¡Glups! Ya... ya lo creo –tartamudeó–. He visto fotos suyas en varios catálogos...

–¡¿Catálogozzz?! –se indignó la planta carnívora.

–Revistas –corrigió velozmente Ragueneau–. Excelentes revistas botánicas con los ejemplares más bellos de cada especie. Y, si no recuerdo mal –mintió con gran seriedad–, los cuatro pétalos de su corola rosada aparecían en portada...

–¡Oh! –hicieron las criaturas a coro.

–Pero, al natural, sus encantos me parecen millones de veces más impresionantes –añadió el profesor.

La Oenoterácea volvió a sonrojarse y ladeó la cabeza de forma coqueta.

–Y, hablando de encantos –continuó el profesor, más seguro del terreno que pisaba–, ¿quién enseñó a hablar a sus amigos?

–¡Oh! Ezzzo... Tenemozzz un chip en el ADN. Ezzz uno de lozzz pocozzz eczperimentozzz de Trouton que zalieron bien.

–¿Un chip? –dijo Ragueneau, frotándose el oído–. ¡Esto es intolerable!

–¡Soñ uños malvados! –chilló la bacteria peluda, dejando de morder el bastón–. Juegañ coñ ñuestras vidas.

–No zomozzz mázzz que pruebazzz de laboratorio para zuzzz negoziozzz... –sollozó la planta–. El que no zirve, a la bazura...

–¡Es una vergüenza! ¡Un ultraje! –sentenció Ragueneau, golpeando el suelo con su bastón–. Mira que jugar con la vida de los seres vivos en nombre de la ciencia... Ese Trouton es una deshonra, una afrenta, ¡hay que pararle los pies!

–¡Fifa el fiejo! –cacareó un virus gaseoso como si se desinflara.

–Me llamo Maurice Ragueneau –le aclaró el profesor con cierta brusquedad.

—Yo zoy Zsa-Zsa —sonrió la planta carnívora—. Mizzz amigozzz y yo mizma eztaremozzz encantadozzz de colaborar.

—Si es así, Zsa-Zsa... —dijo el profesor yendo al grano—, les contaré qué me trae por aquí.

—Zoy toda oídozzz —dijo la planta al desplegar doce hojas a modo de orejas.

El profesor contó su historia entre voces de sorpresa y aplausos de admiración.

—¡Un azalto zorpreza! —se maravilló Zsa-Zsa cuando terminó de escuchar al profesor—. ¡Qué ozado!

—Debo encontrar esa máquina cuanto antes... ¡Hay poco tiempo!

—Zzzí... Pienzo que... ¡Zígueme! —ordenó, levantándole por los faldones y arrastrándose a una velocidad vertiginosa por los pasillos del laboratorio.

—Ezzz aquí... —dijo con voz apagada, después de frenar a pocos metros de un frigorífico.

Las diferentes criaturas del laboratorio se amontonaron entre el profesor y la nevera, disputándose los mejores puestos para ver el espectáculo. El barullo fue acallándose a medida que se formaban dos filas y quedaba un pasillo central que permitía a Ragueneau contemplar el frigorífico de hito en hito. Su pulso temblaba al levantar la débil linterna e iluminar las puertecitas de la cámara. El corazón le latía como un bombo.

—Vamos allá...

Dos amebas gigantes se irguieron sobre sus cortas patas y abrieron las puertas de la nevera. Una nube de vapor fresco fluyó del interior y les refrescó la cara.

–Al fin... –musitó el profesor mientras el vaho se desvanecía–. La machine de la fraternité...

–¿Quién ocha perturbar el chueño de...? ¡Chocorro! ¡Un humano!

Ragueneau se había quedado de piedra, con las manos extendidas hacia la nevera. Por un momento le pareció ver una decrépita lagarta amarilla con manchas verdes y violetas y alas arrugadas que, al reparar en su presencia, corrió a refugiarse al fondo de la cámara.

–Charita se ha españtado –le explicó la bacteria peluda, subiéndose a su hombro–. Ño soporta a los humaños... Pero sólo ella puede ayudarte: es la añciaña más añciaña y la sabia más sabia de todos ñosotros.

El profesor lanzó una mirada suplicante a Zsa-Zsa, que le guiñó la mitad de sus numerosos ojos.

–Ezzz de loz nueztrozzz –explicó luego a Charita, introduciendo una de sus hojas en la nevera.

–¿Cheguro? –preguntó la lagarta, que apareció de la mano de la Oenoterácea.

–Zeguro. Ha venido para azolar, deztruir y mazacrar Trouton –explicó con una sonrisa candorosa.

–Bueno, yo, en realidad... –se excusó el profesor.

–¡Ñecesita uña máquiña! –terció la bacteria, impacientándose.

Charita entornó los ojos y se frotó la frente con los dedos palmeados.

–Mmm... ¿Che trata de algo echpechialmente importante y checreto? –preguntó babeante.

–Absolutamente.

–En eche cacho, chupongo que la tendrán en la caja fuerte del chubchótano veintichinco –dijo chasqueando la lengua–. No ech fáchil encontrarlo, pero chi echperáich un chegundo...

La lagarta se encerró otra vez, dejando a Ragueneau con el alma en vilo. A los pocos instantes, las puertas del frigorífico se abrieron nuevamente.

–¡Lichta! –dijo, con los morros pintados de azul marino y un bolso colgado al hombro–. ¡Luches fuera!

Ragueneau se metió la linterna en el bolsillo mientras Charita saltaba del frigorífico y encaraba la puerta del Sublab BIO-45. La comitiva salió a oscuras por la ventanilla rota (Zsa-Zsa tuvo grandes problemas) y avanzó con sigilo por los corredores subterráneos del edificio de titanio y cristal.

–¡Qué ochcuro echtá echto...! –exclamó Charita, tanteando la pared con ambas manos–. Achí no hay quien pueda trabajar... ¡Oh!

En la total negrura en que se hallaban, Ragueneau empezó a oír unos ruidos apagados, como de pequeños objetos revueltos por unos dedos esqueléticos.

–¡Bfff! –resopló la lagarta–. ¡Luches!

–¡Oh! ¡Ah! ¡Oh! –dijo el profesor, sacando su linterna. Pero antes de que pudiera encenderla se oyó un borboteo y miles de puntos brillantes se encendieron en el aire, iluminando tenuemente la escena. Forzando la vista, descubrió que una de las afiladas uñas de la lagarta se había introducido en una imperceptible grieta de la blanca pared. Con la otra mano, Charita hurgaba en su bolso. El polvo luminoso se iba apagando, de modo que varias criaturas con forma de concha, que Ragueneau había visto rodar a sus pies, se abrieron y arrojaron nuevos chorros refulgentes en medio de un runrún de burbujas.

–Azombrozo, ¿no te pareze? –siseó Zsa-Zsa al oído del profesor.

–Aquí echtá –sentenció Charita, sacando una tarjeta plástica e introduciéndola por la rendija de la pared–. Che le cayó a uno de echoch Trolierch...

–¿A un qué...? –el profesor enmudeció al contemplar cómo la pared que tenía enfrente se abría en estrella y daba acceso a una ancha escalinata mecánica, absolutamente inmóvil.

–Ech bachtante andadero para cher un pachadicho checreto, ¿verdad?

Bajaron sin hacer ruido. Ragueneau, que iba flanqueado por las dos damas, se volvió y se sorprendió al ver el sinfín de criaturas que lo seguían.

–No te preocupezzz –le sonrió Zsa-Zsa–. Zon muy zilenziozozzz.

A la altura del quinto subterráneo Charita detuvo la marcha, levantó la cola y todos se agazaparon como un solo hombre.

–Una niña llorando... –susurró, pegando su oído a la pared de titanio– Pobrechita. A chaber qué le habrán hecho...

Ragueneau murmuró algo que no comprendieron.

La escalera metálica terminaba en la planta menos veinticinco, en una puerta señalada con letras rojas.

–Ahora, chilenchio abcholuto. No quiero tener ningún chuchto. A mi edad... –cuchicheó, abriendo la puerta con otra tarjeta.

Una imponente caja fuerte brilló débilmente bajo la linterna del profesor. La voluminosa puerta de acero ostentaba tres ruedecitas numeradas para la combinación, una gran manilla circular y un diminuto agujero para introducir la llave.

–La combinachión conchta de doche mil dígitoch... –se excusó ante la Oenoterácea.

–¡Trizmilichiv! –llamó Zsa-Zsa sin dejarla terminar.

Ragueneau sintió por enésima vez aquella noche un cosquilleo insoportable en la oreja. Se llevó los dedos bajo la melena, para rascarse, y descubrió a un delgado gusano de rasgos orientales que saludaba militarmente.

–Pan komidöv –dijo la lombriz, suspendida en el aire entre los dedos del profesor.

Al instante se había esfumado. Ragueneau empezó a buscarla por las mangas de su gabardina, confuso.

–¿Pero dónde...?

–Ahí –dijo Zsa-Zsa, señalando con todas sus hojas la cerradura. Ragueneau alcanzó a ver cómo el gusano se colaba por el agujero–. Trizmilichiv Trizmiliakovich ezzz un colega ruzo infiltrado. Ezzz ezpezializta en ezcapizmo y ha venido para aprender nueztrazzz técnicazzz de reziztenzia...

Se oyó un leve forcejeo en el interior de la cámara y, ¡clic!, la puerta de acero se abrió suavemente.

–¡Qué rapidez!

Ragueneau alumbró el interior de la caja acorazada. Trizmilichiv se alzaba satisfecho, dos centímetros a lo más, sobre una vetusta cajita de madera. Por lo demás, el interior de la cámara estaba completamente vacío. Ragueneau levantó los brazos. Sus manos temblaban, su visión se empañó.

–¡Equipo C153 en funcionamiento! –se oyó de pronto–. ¡Avería finalizada! ¡Equipo C154 en funcionamiento! ¡Avería finalizada!

Cientos de luces se encendieron, dejando a todos cegados. Tras coger la máquina a tientas, el profesor se volvió hacia sus seguidores. El pavor transpiraba por cada célula de sus cuerpos.

–¡Huyamos! –arengó con el bastón en alto.

Las escaleras mecánicas se habían puesto en marcha, pero en dirección contraria, hacia abajo, por lo que la ascensión fue especialmente atropellada. Los virus gaseosos se colaron por la rendija y subieron tranquilamente por el interior del mecanismo, mientras Ragueneau y los demás luchaban por saltar a las bacterias peludas, que rebotaban de aquí para allá sin orden.

A la atura del sótano, tras subir los veinticinco pisos clandestinos a trompicones, se precipitaron a los ascensores y entraron en tropel.

–No se amoñtoñeñ –exigió una bacteria peluda, sepultada entre amebas y hongos.

Los ascensores los trasladaron con penas y trabajos a la planta baja, donde varios pasajeros salieron disparados al abrirse las puertas, y rebotaron contra el tórax brillante de docenas de Trolliers que los esperaban en formación.

–¡Intruxos 9875hj!

Tres bacterias peludas salieron rodando del ascensor, abrieron su bocaza descomunal y empezaron a clavar dentelladas a diestro y siniestro.

–¡Apunxten xp007! ¡Dispax... pix... pox... prrr...!

–¡Ñam! ¡Ñam! ¡Burf! –eructó una, escupiendo un brazo multiametrallador.

Ragueneau había aterrizado cómodamente sobre un virus gaseoso. Se levantó con ayuda del bastón y miró a todos lados. Con las luces brillando cegadoramente, el vestíbulo del edificio Trouton presentaba su aspecto más augusto e imponente.

–¡Equipo E-566 en funcionamiento! ¡Avería finalizada! ¡Atención a todas las unidades: fuga de prototipos clandestinos en planta cero!

–¡Por allí! –gritó el profesor, señalando al frente.

Al ritmo del bastón, corrieron todos pisando los talones de Ragueneau, rumbo a la puerta. Las primeras luces del alba relucían sobre el lago y los rayos del sol llameaban contra el cielo azul, humillando las potentes lámparas del vestíbulo.

–¡Oh! –suspiraron los prototipos con la nariz pegada a la pared de cristal.

–Sigamos, amigos –los animaba Ragueneau–, sigamos. ¡Es la libertad!

–Es la madre naturaleza...

Ragueneau se detuvo y los contempló con profunda tristeza. Bañadas por la claridad sincera y cruel del amanecer, esas criaturas deformes y grotescas casi asustaban.

–¿No podéis...? –empezó.

–No debemoch –pronunció Charita solemnemente, con los ojos clavados en la hierba tierna y sabrosa al otro lado del cristal–. Chomoch peligrochoch. No debemoch...

–Ezozzz deben de zer Víctor y Étienne, tuzzz ozadozzz amigozzz –dijo Zsa-Zsa.

Víctor y Étienne huían de una legión de Trolliers y del perro que dejaron en la Salle de clonation. Étienne sacudía el paralysateur como un poseso, pero los líquidos se habían terminado, por lo que lanzó la pistola al general de los Trolliers, acertándole en un ojo.

–Gracias –se emocionó el profesor–. Gracias por todo... Gracias a todos...

–¡Aprechúrate, inchenchato! –gritó Charita, incapaz de contener el llanto por más tiempo.

Ragueneau cruzó el umbral y apareció en el jardín, con el bastón y la mochila en una mano, la machine de la fraternité en la otra. Docenas de guardianes descendían por las paredes del edificio cilíndrico. Una división de cancerberos subacuáticos emergió del lago artificial, listos para disparar sus bolas fosforescentes de gelatina letal. Las sirenas sonaban desde todas las torretas de vigilancia.

–Cha-Cha –susurró Charita–, creo que tendríamoch que hacher una exchepchión...

–Camaradazzz –sonrió la Oenoterácea entre dientes puntiagudos–. ¡Ezzz la guerra!

Un temblor recorrió el terreno, al tiempo que la marabunta de bacterias peludas, amebas gigantes, virus gaseosos, hongos biónicos y engendros de todo tipo rompían los cristales y se abalanzaban sobre los cuerpos de seguridad de la corporación. Los disparos fueron cesando. Víctor, Étienne y el profesor lograron llegar al perforateur sin apenas aliento. Ragueneau echó un vistazo alrededor. Trizmilichiv le saludaba militarmente desde los restos de cabeza del perro mecánico. Él le devolvió el saludo y cerró la compuerta.

El perforateur dio media vuelta y se sumergió en el agujero por el que había salido. Entre el humo de los Trolliers y cancerberos destruidos que ennegrecían el cielo, aparecieron los helicópteros de la gendarmerie.

Un pacto con el enemigo

Recorrieron las entrañas de París durante largos minutos. El perforateur avanzaba a toda velocidad por los túneles que habían excavado pocas horas antes. Al llegar a los antiguos agujeros de Laffitte, la máquina empezó a traquetear y a dar trompicones. A cada metro que recorrían, su paso era más lento y peligroso.

–¡Este trasto va a explotar! –gritó Ragueneau por encima del infernal ruido del motor–. ¡Tendremos que seguir a pie!

Sin dudarlo un momento, abrieron las pesadas compuertas de acero y saltaron sin temor a la oscuridad que reinaba en la galería. Víctor tomó la machine de la fraternité de las manos del profesor, para que el anciano pudiera correr con más comodidad. Étienne lideraba con seguridad la comitiva iluminando tenuemente la cueva con la linterna de Ragueneau.

Tras ellos, el inmenso perforateur chocaba descontrolado a derecha e izquierda contra las paredes rocosas. Se oía el ruido de los trompazos, mezclándose con las explosiones cada vez más exageradas del motor.

¡Bim! ¡Bam! ¡Buuum!

El vehículo estalló de repente y el túnel entero vibró. Algunas piedras empezaban a desprenderse del techo y a caer ruidosamente aquí y allá.

–¡Corred! –gimió Ragueneau desde la retaguardia, con la gabardina al viento. Apretó el paso y adelantó a Víctor, que corría con la lengua fuera.

–¡Ah! –gritó Étienne, esquivando una pesada roca que se incrustó en el pavimento con un golpe seco.

No tardaron en llegar a la ancha sala llena de bocas que partían en direcciones varias.

–¡A la izquierda! –les animó el profesor, tomando un pasadizo estrecho–. ¡Ya casi hemos llegado!

Étienne derrapó y levantó una nube de polvo. Víctor y Ragueneau lo habían dejado atrás y corrían prácticamente a oscuras.

El temblor siguió en línea recta, dejando intacto el pasadizo por el que se habían adentrado. Al caer en la cuenta de que estaban a salvo, aminoraron la marcha, hasta llegar, poco después, a la galería. Mientras recuperaban el aliento se dirigieron al laboratorio secreto del doctor Laffitte. Todo seguía como lo habían dejado.

–¡Bueno! –resopló Víctor–. Al fin en casa.

–Nos hemos librado por los pelos –refunfuñó Étienne, recordando los pedruscos que hacía un momento amenazaban con aplastarle la cabeza–. ¡Maldito perforateur...!

–Estás equivocado... –reflexionó Ragueneau, sacudiéndose el polvo de su larga gabardina–. La explosión del perforateur nos ha salvado. Fíjate –sonrió sagazmente mientras miraba al sorprendido Étienne con una ceja levantada–: ya no hay túnel. Y si esos Trolliers nos seguían... En fin, descansen en paz –concluyó con la mano derecha sobre el corazón.

–Podemos quedarnos aquí –propuso Víctor–. Nadie conoce este lugar. Será lo más seguro.

Se hizo el silencio. Durante unos segundos se contemplaron mutuamente. Ragueneau apoyó su bastón en el suelo y, con paso cansino, se dirigió hacia el antiguo escritorio de Laffitte. Agotado, se desplomó en la butaca. Étienne permanecía en pie, como atontado, sosteniendo la linterna, que se iba apagando intermitentemente. A su lado, Víctor contemplaba al anciano con la machine de la fraternité entre sus manos y un asomo de desconfianza en la mirada.

–Víctor –musitó Ragueneau–, ¿podrías...?

Sentado en el escritorio de Laffitte, le hacía señas para que se acercara.

–¿Quiere ver la máquina? –aventuró Víctor.

–Me pregunto cómo... –titubeó el profesor–. O sea...

No encontraba las palabras. Lentamente, se acarició los blancos bigotes.

–Sí –respondió–. Quiero ver la máquina.

En pocos pasos, Víctor se situó frente al anciano y levantó el invento. Étienne retrocedió. Temía que a alguno de los dos se le ocurriera dar un ligero impulso a la manivela, accionar el infernal mecanismo...

Ragueneau permaneció inmóvil con los ojos fijos en la cajita. Era definitivamente pobre. Tenía una apariencia vulgar e inofensiva. La madera estaba carcomida por los cuatro costados. La trompeta era pequeña, muy pequeña en comparación con la de los gramófonos de la época.

–¿Por qué diablos...? –caviló.

Al ver que no se decidía a tocarla, Víctor la dejó sobre el escritorio y retrocedió hasta unirse a Étienne. Se acurrucó en un rincón junto a su amigo, la espalda contra la pared, los ojos puestos en el profesor.

El viejo investigador acercó su mano a la máquina, hasta rozar con emoción la verde trompeta de cobre. Acarició con cuidado la superficie oxidada y, lentamente, la desplazó a la derecha. Sus dedos se detuvieron sobre la manivela.

Los dos muchachos lo observaban con ojos suplicantes.

–No, por favor... –imploró Étienne, temiendo que la pusiera en marcha.

–¡Oh! –exclamó Ragueneau, retirando la mano a toda prisa–. No temáis. No pretendía...

Víctor y Étienne suspiraron. El profesor cogió la máquina con ambas manos y la levantó sobre su cabeza. Se sopló el flequillo para observarla con atención y fue volteándola para no perder detalle, mientras decía:

–Curioso, muy curioso... Indudablemente, funciona según la teoría ondulatoria del sonido, muy asentada ya en los años de la Exposición de 1889... Claro... El mecanismo de engranajes interno debe de producir unas vibraciones en el éter, inaudibles para el tímpano humano... Ultrasonidos. Pero, cuando el estímulo llega a la zona occipital del cerebro... ¡Oh! Eso es lo que produce las alucinaciones. Claro, claro, ¡claro! Por eso las alucinaciones parten siempre de la realidad, como decíais, ¿verdad?

Levantó la mirada para contemplar a sus jóvenes compañeros. Víctor y Étienne dormían plácidamente, tumbados en el suelo. De vez en cuando, Étienne soltaba un ruidoso ronquido.

Una paternal sonrisa apareció en los labios del profesor.

–¡Qué desconsiderado! –dijo mientras se encogía en el sillón y cerraba los ojos–. Se me olvidó otra vez que hay que dormir...

Después de tres o cuatro horas de sueño profundo y reconfortante, sonó el móvil de Víctor. Tardó un buen rato en reaccionar, pero al fin lo cogió, entreabió un ojo y miró quién le llamaba.

–¿Byte? –respondió desperezándose.

–No –dijo una voz sombría al otro lado–. Flammarion.

Víctor despertó de sopetón y recordó la aventura de la noche anterior.

–¡Es usted un...! –comenzó a decir.

–Calma, muchacho –dijo en tono apaciguador el director de proyectos–. No se altere. Al menos no lo haga antes de oír mi oferta.

Víctor tapó el micrófono con la palma de su mano.

–Es Flammarion –informó a Ragueneau, que había entreabierto un ojo. El anciano saltó del sillón y se acercó para escuchar la conversación. Étienne roncaba apaciblemente.

–Usted dirá –dijo Víctor al fin con voz fría y desafiante.

–Señor Robles –se rió Flammarion–, por favor, sosiéguese. Seamos civilizados. Le aseguro que no es bueno negociar cuando uno está de mal humor.

–Vayamos al grano, Flammarion.

–De acuerdo, de acuerdo, jovencito –accedió Flammarion, impostando la voz en un intento de parecer amable–. Usted gana. Los hemos estado buscando toda la noche y no hemos logrado localizarlos. Así pues, díganos qué quiere a cambio de la máquina y nosotros...

–Quiero a mi hermana –lo interrumpió Víctor.

–¡Eso es pedir mucho! –rió Flammarion con falsedad.

–Pues no hay trato –respondió Víctor. Y colgó.

Al instante, el móvil sonó de nuevo. Víctor pulsó el botón verde.

–De acuerdo –dijo Flammarion, dejando de fingir y volviendo a su voz sombría de costumbre–. Tendrá lo que quiere. Pero antes queremos ver cómo funciona la machine de la fraternité en un local abarrotado de público, digamos, por ejemplo, la Torre Eiffel. Hoy es domingo y estará llena de gente. Cuando hayamos comprobado la eficacia de monsieur Laffitte, nuestros hombres lo acompañarán hasta su hermana.

–No –respondió Víctor, sin dejarse intimidar–. Primero usted me entrega a mi hermana y luego yo le entrego la máquina.

–Mmm... –resopló Flammarion de mal humor.

–Y, además –añadió Víctor, recordando lo que había prometido a su madre–, prefiero Eurodisney. Es más agradable y posiblemente habrá más gente...

–¡Brrr! –refunfuñó Flammarion todavía más fastidiado.

–¿Lo toma o lo deja?

Flammarion permaneció unos segundos en silencio. Su respiración agitada se oía nítidamente a través del aparato.

–De acuerdo –ladró Flammarion–. A las once en Eurodisney. Ponga la máquina en marcha, para que comprobemos que no nos está engañando. Cuando tengamos la certeza de que el maldito invento funciona, recibirá mi llamada. Sólo entonces le diré dónde debe dirigirse para darme la máquina y rescatar a su estúpida hermana –dijo con voz irónica.

–Me parece un trato muy justo.

–No intente nada sucio, joven –lo amenazó Flammarion, apretando las mandíbulas–. No intente nada sucio, o le aseguro que todo el poder de Trouton le perseguirá hasta...

–¿Nada sucio? –lo interrumpió Víctor con dureza–. Ni siquiera revolviendo las cloacas de París podría encontrar mayor suciedad que la que he descubierto esta noche en Trouton.

Al fin sale el sol

Víctor apagó el móvil.

–¡Étienne! –gritó zarandeándole.

–Sí, un poco más de nata –murmuraba Étienne–. ¡Buenísimo, monsieur Larousse!

––¡¡¡Étienne!!! –aulló Víctor en la oreja de su amigo, que, feliz, se relamía los labios.

Étienne se levantó de inmediato y se puso en guardia. En sus oídos retumbaba el grito de su amigo

–¿Quién se ha comido mis...? ¡Oh, eres tú!

–Acabo de hablar con Flammarion. Debemos estar a las once de la mañana en Eurodisney –le informó–. Cambiaremos a Byte por la máquina.

–Entonces –dijo el profesor, mirando su reloj de bolsillo–, tenemos un margen muy pequeño. No hay tiempo que perder –concluyó, abrochándose la gabardina y avanzando por la galería.

Se detuvo frente a la hélix triforme, oculta en la penumbra del túnel. El aparato recibía su nombre por las tres gigantes hélices que tenía en la retaguardia.

–¿Qué combustible llevará esto? –se preguntó, rodeando el invento–. ¡Ah! –exclamó de pronto.

Étienne y Víctor lo miraron sin comprender el motivo de su admiración.

–Dadle cuerda mientras yo busco algo para sacar este precioso vehículo a la calle –dijo, moviendo sus anchos bigotes–. Venga, venga, ¡venga!

–¿Darle cuerda...? –preguntó Étienne cuando Ragueneau se hubo alejado hacia el fondo del túnel y empezaba a remover entre los escombros.

–¿Precioso vehículo? –se preguntó Víctor.

Del cuerpo de madera, entre el tren de aterrizaje y los portillos para la entrada de los pasajeros, sobresalía una manivela con el mango carcomido. Empezaron a darle vueltas y los grasientos engranajes crujieron mientras giraban y le daban cuerda como a un reloj.

–¡Esta especie de helicóptero funciona como el despertador de mi hermana Simonette! –se admiró Étienne.

–Lo que es funcionar, yo no estoy muy seguro de que funcione –masculló Víctor entre dientes.

–¡Traedla aquí! –gritó Ragueneau desde las escaleras.

Junto a la manivela había una palanca de seguridad para evitar que el mecanismo se activara. Víctor levantó la palanca y, con ayuda de Étienne, empujó el aparato hasta la entrada del túnel, donde el profesor tiraba con fuerza de una cuerda colgada del techo.

–No os quedéis ahí mirando –resopló agotado por el esfuerzo–. ¡Ayudadme!

Los chicos se colgaron de la cuerda, que se rompió al instante.

–Genial, genial, ¡genial! –los felicitó el anciano, mientras anudaba uno de los extremos de la cuerda a la parte delantera de la hélix triforme–. Ahora hay que subirla...

Con gran esfuerzo y algún que otro resbalón lograron trasladar el pesado aparato desde las profundidades de la vía del metro a la entrada del número 14 de la rue de Solferino.

–¡Montad! –les ordenó el profesor, saltando al asiento del piloto–. Hace un día espléndido para alzar el vuelo.

Los nubarrones, que en los últimos días habían encapotado el cielo parisino, no aparecían ya por ningún lado. El sol brillaba intensamente en una atmósfera limpia y azul de cobalto.

Víctor se abrochó el cinturón de cuero y Étienne tragó saliva al ver que Ragueneau, sonriente, presionaba el botón verde de marche. Por unos breves y confusos momentos, todo quedó en suspensión, inmóvil. La sonrisa del profesor fue apagándose y perdiéndose bajo su mostacho.

–¿Y, ahora, qué demonios...?

–¡Oh! –exclamó Víctor al sacar la mano por encima del portillón y desactivar la palanca de seguridad.

–¡Oh! ¡Oh!

La hélix triforme dio un bote súbito y las tres hélices empezaron a rotar con furia. Étienne vio el suelo de París alejarse de sus pies y perderse en medio de una nube de polvo.

–¡A volar! ¡Ja! ¡Ja! ¡Ja! –cacareó el profesor, agarrando con fuerza los mandos de la nave–. Vamos, muchachos, ¡hay que pedalear!

–¡¿Pedalear?! –se sorprendió Étienne–. ¡Pero si ni siquiera hemos desayunado!

–Bonjour, madame! –saludó el profesor a una mujer que tendía la ropa en su balcón de la rue de Solferino. Bajo la atónita mirada de la dama, Ragueneau impulsó la palanca élever y el aparato empezó a ascender con mayor velocidad. Pronto se encontraron sobrevolando los tejados y las chimeneas de París.

–Contemplad, muchachos: eso es la Torre Eiffel... –Víctor y Étienne intercambiaron una mirada de circunstancias ante ese comentario innecesario–. Y eso –continuó el profesor, señalando un punto indefinido en el horizonte– son los edificios Trouton.

En medio de los escombros que habían quedado tras la batalla nocturna entre los engendros biomecánicos y los Trolliers, vislumbraron una hilera de camiones que partía en dirección a la ciudad. Se acercaron al complejo arquitectónico y descendieron un poco para poder ver la comitiva más de cerca.

–«Trouton fraternité» –leyó Étienne en las cajas de los vehículos–. ¡Deben de ir cargados de pastillas hasta el capó!

–¡Qué modo más ruin de engañar a los honrados ciudadanos! –se indignó el profesor, dando un manotazo a los mandos del aparato.

La hélix dio un tumbo, viró intrépidamente a babor y se dirigió a gran velocidad hacia Eurodisney. El suave ronroneo de las hélices los acompañó hasta que llegaron a Marne-la-Vallée y divisaron el parque de atracciones.

Eran las diez de la mañana. Ese domingo de primavera el recinto estaba lleno de gente a más no poder. Largas colas esperaban frente a todas y cada una de las atracciones. Algunas parejas se habían sentado en el césped, a la sombra de las románticas acacias. Niños y niñas enloquecidos corrían de acá para allá, arrastrando a sus padres de tienda en tienda, de cola en cola. Entre unos y otros, los simpáticos personajes de la Disney se paraban, hacían reverencias y acariciaban a los más pequeños.

Cerca del dorado tiovivo Orbitron, Mickey Mouse abrazaba a dos niños gemelos que bebían un refresco de cola mientras su padre los fotografiaba, su madre los filmaba y un retratista japonés les hacía una caricatura. Detrás de ellos se levantaba el primoroso castillo de la Bella Durmiente, con sus esbeltas torres rosadas y sus agudos pináculos. Las melodías de Disney se confundían con las risas y el jolgorio de la gente.

Víctor dirigió una mirada cínica a la machine de la fraternité.

–¡Oh, là là! –exclamó Étienne con los ojos fuera de las órbitas–. ¡Es increíble!

–¿No habías venido nunca?

–No –confesó–. Es un poco caro, ¿sabes?

–Sí, muy caro –se apresuró a decir Víctor.

Aterrizaron frente a un rechoncho niño cargado con tres enormes osos de peluche que, al verlos, se volvió hacia su padre.

–¡Quiero eso! –gritó, tirando los ositos al suelo y señalando la hélix triforme.

–¿Ahora? ¿No querías una maxihamburguesa?

–¡No! Quiero eso –respondió el retoño a su padre.

–Pero René-Antoine...

–¡Lo quiero ahora! –bramó la criatura–. ¡Mamá!

–¡Jacques! –exclamó una gruesa mujer que llegó resoplando tras ellos–. No hagas enfadar al niño. Hoy cumple once años, ¿lo has olvidado?

–Está bien –claudicó Jacques volviéndose hacia Ragueneau–. ¿Cuánto quiere por esa cosa?

–Mmm... –reflexionó el profesor atusándose los bigotes–. Se la regalo a cambio de una buena azotaina a su hijo.

Una gran sonrisa de aprobación apareció en los labios de Jacques, pero su mujer lo apartó de un codazo y se encaró con el profesor.

–¿Cómo se atreve? –le espetó iracunda y roja como un tomate–. ¡Amenazar a mi dulce René-Antoine! ¡En el día de su cumpleaños!

–Disculpe, madame –se interpuso Víctor, conciliador–, no sabíamos que era su cumpleaños... Pero no se preocupe –añadió acariciando la machine de la fraternité–. Para una ocasión como la de hoy, tenemos preparado algo muy especial.

Pero la mujer ya no le oía. Indignada, se había alejado hacia la hamburguesería, besando la cocorota de René-Antoine. Ellos se acercaron a la cola de la montaña rusa Big Thunder Mountain. Víctor y Étienne escudriñaban todos los rincones en busca de indicios de Byte o de sus secuestradores, mientras el profesor guardaba turno y sonreía a las personas de alrededor. Un grupo de chicos con enormes sombreros mejicanos se impacientaba y empezaba a protestar por la espera.

–Paciencia, muchachos, paciencia. Pronto empezará la aventura –sonrió el profesor.

Subieron en la vagoneta de la montaña rusa. Víctor se sentó junto a Étienne con la máquina entre las piernas. Ragueneau se sentó tras ellos. ¡Ding! Se oyó una campana y la locomotora arrancó, iniciando plácidamente el circuito, ambientado en los típicos y agrestes paisajes del oeste americano.

–¡Yo ho! –chilló uno de los chicos del grupo al ver una antigua mina de carbón. Sus compañeros corearon el grito zarandeando los sombreros por encima de sus radiantes cabecitas.

En la mina, dos autómatas de última generación disfrazados de mineros recogían tierra y la agitaban en una criba al son de *I'm a poor man from Arizona*. Aún no se habían perdido sus voces cuando los pasajeros divisaron un tradicional saloon del que se escapaba una autómata vestida de camarera, suplicando ayuda. Tras ella, unos cuatreros repulsivos irrumpían en el porche, levantaban sus pistolas y disparaban un par de veces. Al volver la cabeza, Étienne descubrió que un resorte mecánico volvía a meterlos dentro del saloon y la escena se repetía una y otra vez.

La caravana trepó por una montaña trabajosamente y se lanzó por la otra ladera de forma desbocada. En las verdes praderas pastaban unos caballos automáticos, tan reales que una niña se atragantó con su piruleta cuando relincharon. Al pasar junto a unas cataratas artificiales el agua les mojó ligeramente la cara y un gran murmullo complacido se esparció por el convoy.

Víctor se secó la frente con el antebrazo e intercambió una mirada de complicidad con Étienne.

–Manos a la obra –dijo.

–Pensé que no os ibais a decidir nunca... –dijo el profesor, acercando su cabeza a la de ellos para no perder detalle.

Étienne se agarró al pasamanos de hierro de la vagoneta y cerró los ojos al advertir que Víctor empuñaba la manivela de la machine de la fraternité. Lentamente, a conciencia, Víctor dio una vuelta completa al manubrio.

–¿Y, ahora...? –preguntó Ragueneau expectante.

–Calle y espere –le espetó Étienne con voz lúgubre, sin levantar la cabeza ni abrir los ojos.

Víctor miró alrededor. El simpático convoy iniciaba la segunda vuelta al circuito entre las carcajadas de los pasajeros. Los mineros seguían cribando la tierra y, a lo lejos, la camarera se metía rápidamente en el saloon para salir de nuevo cuando la caravana pasara por enfrente. Todos los autómatas permanecían en sus raíles, así que Víctor decidió girar la manivela con mayor firmeza. Una vuelta... Dos... Cinco... Veinte...

–¡Para! –ordenó Étienne, saltando sobre Víctor para inmovilizarlo–. ¿Te has vuelto loco?

–Es que no funciona...

–Prodigioso –musitó el profesor a sus espaldas, contemplando la antigua mina que el trenecillo había dejado atrás.

Víctor y Étienne se dieron la vuelta y descubrieron que los dos mineros habían abandonado su puesto y se habían apostado a ambos lados de la vía. Cada uno había puesto su criba en un raíl, como si fuera una rueda, y la había empujado en dirección al convoy. A cada giro, las cribas circulares crecían en tamaño, hasta que se convirtieron en amenazadores discos capaces de hacer picadillo el convoy y a sus ocupantes.

—¡Corre! ¡Corre! —decía Étienne a la locomotora.

—¡Frena! ¡Frenaaa! —exclamó Víctor, viendo lo que se les avecinaba.

Habían llegado a pocos metros del saloon. La camarera salía corriendo, como siempre, pero los bandoleros ya no levantaban sus pistolas al cielo, sino que apuntaban directamente a los chicos de sombreros mejicanos. Tras el convoy, los grandes discos estaban a punto de arrollar la caravana. Se desató un gran alboroto, con sombreros mejicanos por los aires, gritos histéricos y gente que saltaba de los vagones.

—¡No os asustéis! —trataba de hacerse oír Víctor—. ¡No es más que una alucina... ¡Ah!

Uno de los caballos de la pradera se había encabritado y comenzó a galopar hacia ellos. Dos oscuras alas de murciélago se desplegaron en su lomo y la bestia alzó el vuelo.

—¡¿Qué es esto?! —gritó el profesor fuera de sí—. ¡¿Qué diablos es esto?!

—¡Nada! —logró decir Víctor, agachándose bajo el vientre del dragón, que acababa de agarrar a la camarera entre sus fauces.

–¡¿Nada?! –rugió Ragueneau, escondiendo la cabeza para que no se la cortara la camarera con su hacha de cocinero.

El convoy frenó junto a la caseta de entrada. Los pocos pasajeros que aún permanecían en su asiento saltaron de las vagonetas y se alejaron gritando y dando tumbos.

–Bueno –dijo Víctor, sacando su teléfono–. Los de Trouton ya habrán visto que la máquina funciona, ¿no?

–¿Y qué alcance tendrá? –quiso saber el profesor.

–Pues... Ni idea. Parece que ya no produce ningún efecto... –dijo Víctor, bajando de la vagoneta con la máquina en sus brazos.

Ante ellos, una preciosa niñita rubia comía una nube de azúcar rosada con gran fruición. Étienne descubrió un puntito negro que se movía en la superficie de su golosina. Luego, otro. En un periquete toda la nube estaba infestada de arañas peludas de distintos tamaños, que se dispersaron por su brazo carnoso y se le colaron por el cuello de la blusa.

–Casi ningún efecto –corrigió Étienne.

No muy lejos, la jovial ratoncita Minnie posaba junto a una familia holandesa.

–¿Por qué nos mira así, papá? –oyeron que preguntaba el más pequeño de los hermanos.

–Pues... –titubeó el padre incrédulo– debe de ser un truco de animación. ¿Veis? Ahora abre la boca; nos dirá algo bonito.

–¡Socorro! –chilló su mujer, tomando en brazos al chiquillo, para evitar que los puntiagudos colmillos de Minnie se clavaran en sus tiernas carnes.

La familia holandesa se desperdigó en direcciones opuestas hasta sumarse a la estampida general que avanzaba hacia la salida, arrasando con jardines, bancos, carteles explicativos y ancianos.

–¿Sufre terribles alucinaciones? ¿Demonios? ¿Fantasmas? –gritaba una voz que se oía por unos altavoces.

Víctor, Étienne y el profesor se detuvieron frente a un espléndido camión con altavoces que se abría paso entre la alocada multitud. La T de Trouton brillaba en los cuatro costados del remolque y en diversos lugares de la cabina.

–¿Será posible?

–...No deje que la polución y la falta de ozono alteren su bienestar –seguía gritando la voz que salía de los altavoces–. Pastillas Trouton fraternité. Sea feliz veinticuatro horas al día, trescientos sesenta y cinco días al año. ¡Garantía Trouton!

El tráiler frenó y se abrió uno de los laterales del remolque. El inmenso arsenal de pastillas Trouton fraternité quedó al descubierto.

–Por sólo 99,95 euros. ¡Garantía Trouton! –escupían los altavoces.

Pronto, el clamor de la turbamulta sepultó los reclamos.

–¡Aquí! ¡Aquí!

–Tome el dinero y déme las pastillas de una vez...

–¡Yo estaba primero!

–¡¡¡Por favor!!!

–Tranquilos, hay para todos... Por sólo 99,95 euros...

El móvil de Víctor empezó a sonar.

–¿Monsieur Robles? –dijo una voz ya conocida.

–¡¿Dónde está Byte?!

–Vayamos por partes –contestó Flammarion con sorna–. En primer lugar, deseo felicitarle, a usted y a sus amigos, en nombre de toda la corporación. Gracias a ustedes, hoy registraremos mayores ingresos que en los cuarenta y nueve años de historia que...

–¡¿Dónde está Byte?!

–¡Qué modales...! En fin –suspiró Flammarion–. Diríjase al castillo de la Bella Durmiente. Encontrará a su hermana en el torreón de ese precioso edificio, donde haremos el cambio felizmente. ¡Ah!, y no se olvide de dar recuerdos al profe...

–¡Váyase al cuerno! –lo interrumpió Víctor, y colgó.

–Bueno –dijo Étienne a su lado–. Rescatemos a tu hermana y larguémonos.

–¡Ah, no! –respondió Víctor, mirando aviesamente hacia el castillo–. Esto no va a acabar así. Empiezo a estar hasta las narices de este tipo.

René-Antoine y su madre se cruzaron en su camino. Habían abandonado los enormes osos de peluche y las maxi hamburguesas, y huían de los siete enanitos, que blandían cuchillos ensangrentados. En la retaguardia, el enanito Mudito aferraba la cabeza de Blancanieves por los pelos y la hacía girar por los aires con la maestría de un cowboy.

El castillo de la Bella Durmiente

La plaza central estaba desierta. Los jardines habían sido arrasados; los hierros de las cercas, desgajados y retorcidos, presentaban formas fantasmagóricas; las flores se marchitaban.

Víctor, Étienne y el profesor tomaron el solitario camino de asfalto que conducía al castillo. Las torres de color acaramelado y pináculo pastel relucían al sol, al otro lado del pequeño puente de piedra. Étienne señaló la entrada. El negro agujero de la puerta combó sus jambas y se transformó en una boca de labios carnosos. Una alfombra roja se desplegó desde el interior hasta convertirse en una húmeda lengua que se movía ávidamente en busca de presas.

–No puedo... –murmuró Étienne, quedándose atrás.

–¡Es una alucinación! –se exasperó Víctor.

–Espera... –concedió el profesor, tomando a Víctor por el hombro–. Tiene razón. Es preferible que alguien espere fuera: ese Flammarion no es de fiar.

Víctor se mordió el labio inferior con su medio diente. Le dolía separarse de Étienne.

—¿Qué estáis insinuando? —preguntó Étienne pálido como un hueso—. ¿Queréis dejarme aquí... solo?

—Alguien tiene que...

—Ni hablar. Si tú entras, yo entro.

—Dejadlo —terció Ragueneau—. Yo haré guardia. Soy un poco mayor para andar de caballero en busca de princesas...

Víctor y Étienne intercambiaron una mirada vacilante. La puerta del castillo dibujó una perversa sonrisa plagada de colmillos afilados.

—¡Sed prudentes! —les gritó el profesor antes de perderlos de vista en las oscuras entrañas del edificio—. ¡Sed prudentes!

La boca se cerró. El castillo de la Bella Durmiente había devorado a sus jóvenes e inexpertos amigos. Solo en el parque, el anciano profesor se dio la vuelta con el bastón en alto, para hacer frente a cualquier alucinación que se presentase.

La moqueta del pasillo amortiguaba el ruido de sus pisadas. Las piedras de los muros despedían un aliento gélido. Las antorchas a derecha e izquierda dejaban las columnas en un claroscuro inestable. En la bóveda, docenas de nervios rosados se entrecruzaban formando flores y estrellas. No se oía ni el viento.

—Las llamas... —susurró Étienne—. ¡Las llamas...!

El fuego anaranjado de las antorchas empezaba a temblar con más brío, como si bailara. Una de las antorchas saltó al otro lado del pasillo y se quedó flotando en el aire. En un momento, todas las antorchas estaban saltando de muro a muro, frenéticamente.

–¿Esto es todo? –preguntó Víctor.

–No está tan mal –opinó Étienne, que prefería las llamas a los monstruos–. Allí está la escalinata.

Étienne se apoyó en el pasamanos. Sus dedos acariciaron la sedosa barra de la barandilla.

–Qué suave... –se sorprendió.

La escalera arrancaba de unas rocas y subía en forma de curva, cada vez más estrecha.

–Desde fuera, el castillo parecía más pequeño, ¿verdad, Víctor?

Por más que forzara la vista, Étienne no alcanzaba a ver el fin de la escalinata.

–Sí, sí, ya subo... –dijo, al notar que lo empujaban por atrás–. Un poco de paciencia, ¿no? Ya has oído al viejo: hay que ser prudente. Aquí tienes a uno que es prudente... –dijo, pisando el primer peldaño.

El profesor Ragueneau se sentó en uno de los maltrechos bancos. La lluvia de los últimos días había aclarado la atmósfera y el cielo tenía un color azul primaveral intenso. Tomó una de las flores que se agostaban en el suelo y la contempló con esmero. Trató de olerla.

–¡Mmm! –suspiró–. Oh, la la!. La juventud, divino tesoro.

Levantó la cara al sol y cerró los ojos.

–Yo también tuve mis trece años, ¡oh!, ya lo creo... Trece uaaaños... –bostezó.

–No sé... –dijo Étienne, rascándose la cabeza–. Todo esto está demasiado tranquilo. Aquí hay gato encerrado. Estoy seguro. Ese Flammarion nos ha tomado el pelo. El muy canalla... Te lo repito: estoy seguro. Estoy... ¿solo?

Víctor fue recuperando la consciencia lentamente. Le costaba abrir los ojos.

–¿Dónde...?

Hizo memoria. Había entrado en el castillo con Étienne. Habían visto bailar las llamas y luego se dirigieron a las escaleras. Étienne temblaba y hablaba sin parar. Él se había apoyado en las rocas de donde arrancaba la escalinata y empezó a hacerse preguntas: ¿por qué estaba todo tan quieto?, ¿por qué habían cesado las alucinaciones?, ¿qué era aquella maldita máquina?, ¿qué demonios querían los de Trouton?... Entonces había sentido un pinchazo en el hombro. Trató de avisar a Étienne, pero no resultó...

–¡Buenos días! –exclamó una voz lejana.

Con gran esfuerzo, Víctor logró entreabrir uno de sus achinados ojos.

Sevère Flammarion se pasaba el pulgar por la ceja izquierda.

–Creíamos que no despertaría hasta mañana. ¡Oh!, y muchas gracias por sus aventuras –añadió con burla, haciéndose a un lado–. No se puede imaginar cómo nos hemos reído de usted y de sus amigos.

La habitación de la Bella Durmiente se había convertido en sala de reuniones provisional para el consejo de Trouton Recherche Scientifique. Allí se encontraban, sentados en cómodos butacones, Flammarion y la doctora

Fouché, monsieur Bagarre, con sus ojos saltones, monsieur Affiche y monsieur Danton, monsieur Robespierre y monsieur Million, que se frotaba las sudorosas manos de forma ruin y, finalmente, monsieur Rapport, secretario del consejo. Sólo faltaba Charles-Auguste Trouton.

Habían instalado multitud de ordenadores y mesas de control con miles de botoncitos e indicadores. Un sinfín de pantallas colgaba de las paredes retransmitiendo imágenes en directo de todos los rincones del parque. En una de ellas se podía ver a Ragueneau, plácidamente dormido en un banco, con una flor marchita en la mano. En otra, un muchacho de pelo castaño temblequeaba y gemía encogido contra los barrotes de una barandilla.

–Étienne... –susurró Víctor.

–¿Dice usted algo? –preguntó Flammarion. Varios consejeros rieron a placer.

Víctor ignoró al director de proyectos y siguió estudiando la habitación. No había ventanas. La única luz procedía de los distintos aparatos, principalmente, de las pantallas. En la mayor se podía ver el aparcamiento, donde varias personas deambulaban con cara lívida y ojos desencajados en busca de su coche. De vez en cuando, un curioso hipo se apoderaba de ellos y les sacudía el esqueleto.

–Vaya... –observó la doctora Fouché–. Me temo que tendrá que perfeccionar la fórmula de las pastillas, Flammarion.

–Cuando quiera su consejo, se lo haré saber –ladró él–. Hasta ese momento, permanezca callada. Y, usted –continuó, perforando a Víctor con su mirada corrosiva–, arréglese. Monsieur Trouton desea dirigirle unas palabras. ¡Danton, proceda!

–¡¿Dónde está Byte?! –chilló Víctor.

Flammarion se llevó la mano a la boca para ocultar una diabólica sonrisa, mientras Danton se sacaba una superficie gelatinosa del bolsillo que era un teclado, lo extendía sobre una mesa y empezaba a teclear con furia.

–¿Byte? –sonrió Flammarion–. ¿Quién es Byte?

Las pantallas extraplanas parpadearon, hasta que apareció la imagen nítida de un hombre calvo, pálido y distinguido, que sostenía una baraja de cartas en sus manos enguantadas.

Una ráfaga de aire fresco recorrió el parque y se coló por la gabardina del profesor, que se despertó con un escalofrío.

–¡Oh! Me había dormido, muchachos... ¿Muchachos?

Se levantó de un salto y miró alrededor. Al otro lado del riachuelo, el castillo se levantaba como una fortaleza inhóspita y hostil. Cuando hubo amainado el viento no se movió ni una hoja, ni una mota de polvo.

–Mmm... –hizo el profesor mientras se colocaba la flor en el ojal de la solapa–. Creo que ha llegado la hora de que Ragueneau meta sus bigotes en el asunto. ¡Ánimo, chicos!

Étienne alzó la cabeza. Tenía los ojos húmedos y los dientes le dolían de tanto retemblar.

–Víctor... –sollozó–. ¿Por qué me haces esto?

No hubo respuesta.

Por más que aguzara sus sentidos, no alcanzaba a ver ni oír nada extraño. La luz del sol matinal entraba a raudales por las puertas del castillo y arrancaba su color más maravilloso de las columnas, las vidrieras y los escudos colgados de la pared. No había antorchas.

–¿Hola...?

Étienne se puso en pie y se sorbió los mocos.

–Menudo héroe estoy hecho. Vengo a rescatar a Byte y me pongo a llorar como un crío.

Volvió a aferrar el pasamanos y se puso frente a la escalinata, que se estrechaba y se perdía en una oscuridad enigmática.

–Le felicito, señor Robles –dijo Charles-Auguste Trouton desde una pantalla de plasma, apaciblemente sentado en su sillón de la sala de reuniones, sobre la gruesa T–. Ahora que tenemos la máquina, le devolveremos a su hermana, y ustedes y sus amigos dejarán de una vez por todas de entrometerse en los asuntos de la compañía. Ya nos han causado demasiados problemas, y le aseguro que no me costaría demasiado eliminarlos del planeta. Pero, al fin y al cabo, soy humano, y he decidido alterarles la memoria. Cuando mis hombres hayan acabado con ustedes, no recordarán nada de los últimos días: ni lugares, ni personas, ni, por supuesto, la compañía. Comprenda que, tratándose de dinero, no podemos correr ningún riesgo. Pero no se preocupe, no le va a doler. Además, siempre he sido de la opinión de que hay ciertas vivencias que es mejor olvidar. Monsieur Flammarion –dijo, posando sus ojos en la baraja–, la operación debe seguir adelante. Activen el Plan Alfa.

Tras la orden, la pantalla se quedó negra. Sevère Flammarion levantó la mano derecha y chasqueó los dedos. Dos

Trolliers aparecieron como por arte de magia, aferraron a Víctor y le colocaron un casquete de acero en la cabeza.

–Danton, Rapport, tomen la máquina de Laffitte y vayan a la Torre Eiffel. Los demás, al torreón –ordenó el director de proyectos, sacándose un mando a distancia plateado del bolsillo de su americana.

Los consejeros se levantaron en silencio y observaron con nerviosismo cómo el jefe de experimentos y el secretario del consejo abandonaban la sala.

Ragueneau avanzaba por las calles, observando a derecha e izquierda las complicadas atracciones y tratando de pronunciar sus nombres con acento americano:

–Space Mountain... ¡Portentoso! Honey, I Drunk... I Shrunk the Audience... ¡Fascinante!

La escalinata conducía a una pequeña puerta rosada con remates de oro. Étienne se rascó la nariz antes de alargar la mano temblorosa y agarrar el pomo dorado. Lo giró con suavidad y abrió la puerta lentamente. A lo lejos, sonaron las campanas de una iglesia.

–Byte... –suspiró medio descompuesto.

En el centro de la minúscula habitación se encontraba la cama de dosel de la Bella Durmiente. Un rayo de sol se filtraba a través de la vidriera multicolor y la iluminaba tenuemente. Conteniendo la respiración, Étienne se acercó al lecho y apartó las cortinas de terciopelo morado.

–¡¡¡Mñññ!!!

–Sosegaos, princesa. Étienne ha venido a rescataros.

Gruesos cintos y abrazaderas ceñían a Byte contra el colchón. Étienne se inclinó hacia ella y rodeó su cuello con ambos brazos. Sus miradas se cruzaron y Étienne esbozó una sonrisa galante mientras deshacía el nudo del pañuelo que amordazaba a Byte.

–Listos –dijo con satisfacción.

–¡Date prisa! –le espetó Byte–. ¡Llegarán en cualquier momento!

–¡Oh! –exclamó Étienne confuso, poniéndose manos a la obra.

A los pocos segundos Byte se levantaba de la cama y se arreglaba el pelo revuelto.

–Gracias –musitó, tomando las manos de Étienne y mirándole a los ojos–. Eres muy valiente.

–¡Qué escena tan tierna! –interrumpió una voz impasible desde la diminuta puerta.

–¡Tú! –chilló Byte al ver a Flammarion irrumpir en el dormitorio. Tras él venían los cinco consejeros, los dos Trolliers y Víctor, inmovilizado.

–¡Byte!

–¡Víctor!

–¡Fouché! –terció Flammarion–, reprima esos sentimientos maternales.

–Perdón –se disculpó la directora de investigación, secándose una lágrima fortuita.

Byte cogió una de las correas de la cama y lanzó un furioso latigazo a Flammarion.

–¡Ay! –exclamó él, llevándose las manos al ojo izquierdo–. ¡Maldita mocosa! ¡Que le borren la memoria!

Uno de los Trolliers soltó a Víctor y se abalanzó sobre Byte, pero Étienne la tomó en brazos y se hizo a un lado.

El Trollier corrió, tropezó, atravesó la vidriera de colores y se precipitó al abismo.

–¡Arkjhhh!

Su grito quedó sepultado por un zumbido semejante al de un moscardón, que aumentó el desconcierto de los consejeros. Al oírlo, Víctor se deshizo del Trollier y corrió a la ventana rota.

–¡A volar! –gritó, lanzándose al vacío.

–¡Víctor, no! –enloqueció Byte.

Pero Étienne, que aún la tenía en brazos, se arrojó por el agujero tras él.

Ante la atónita mirada de Bagarre, de Affiche, de Robespierre, de Million y de Fouché, la hélix triforme recogió a los tres chicos en el aire con una pirueta sensacional y se perdió por el cielo diáfano, pilotada a conciencia por el profesor Ragueneau.

Flammarion se quitó las manos de la cara. Un reguero de sangre le cubría medio rostro. Introdujo los dedos en el bolsillo interior de su americana y sacó un aparatito plateado con forma de pistoleta.

–Necio –masculló con rabia mientras apretaba el botón del mando.

La torre Eiffel

Rodolfo Robles, sentado en el asiento trasero de un confortable taxi parisino, tomó la mano de su mujer y la besó caballerosamente.

–Disculpe que lo interrumpa, monsieur –dijo el taxista, frenando de repente–. Me temo que tendrán que seguir a pie...

Los accesos a Eurodisney estaban colapsados por cientos de vehículos que habían convertido el lugar en un pandemónium de gritos, bocinas, frenazos y humo. La gente corría arriba y abajo, intentando escapar de aquel parque de atracciones desquiciado.

–¿Qué es esto? –preguntó el señor Robles perplejo.

–No sé, cielo –contestó Ágata, fijándose en la hélix triforme, que se recortaba contra el sol–. Supongo que se trata de una nueva atracción... ¡Oh, Rodolfo, estoy tan orgullosa de tu ascenso!

–Sí, bueno... –dijo él, transpirando satisfacción.

–Me temo que tendrán que seguir a pie... –repitió el taxista con impaciencia.

El teléfono móvil de mamá Robles empezó a sonar en el interior de su bolso.

–¿Es el mío?

–Creo que sí, cielo –dijo su marido, sacando la billetera para pagar al taxista.

–¿Dónde estáis? –preguntó tras rescatar el móvil de entre los kits de maquillaje, los pañuelos, las llaves, varios caramelos de miel, un collarín de bisutería que creía perdido y unos vales de compra–. Nosotros estamos llegando... Calma, hija, habla más despacio... Sí... No... Todavía no... Casi en el aparcamiento, ¿por qué? Espera, te paso con papá para que puedas felicitar al nuevo director comercial de Margaux...

El señor Robles tomó el aparato y carraspeó.

–¡Ejem! Así es –dijo satisfecho–. Un discurso brillantísimo: se leía en las caras... Verás, he subido al estrado, frente a los peces gordos de Margaux y me he dicho: Rodolfo, hoy es tu día y he... ¡¿Eh?! ¡¿Cómo que no estás en Eurodisney?! ¿La Torre Eiffel...?

–Y, ahora, se va el sol –comentó mamá Robles, sacando la cabeza por la ventanilla del taxi–. ¡Oh! Rodolfo... ¡Rodolfo!

–¡Quiero hablar con Víc...! ¿Se puede saber qué es lo que ocurre? –se interrumpió papá Robles ante los codazos que le daba su mujer–. ¡Ohhh!

Un inmenso aeroplano oscuro se había acercado silenciosamente a la torre más alta del castillo de la Bella Durmiente, tapando la luz del sol. Una compuerta lateral se abrió y el señor y la señora Robles creyeron ver las diminutas siluetas de cinco hombres y una mujer escurrirse al interior de la nave, que se separó del torreón, se elevó y se alejó con una gran explosión.

Surcando el cielo a mayor velocidad que la del sonido, el SR-71 Blackbird de Trouton Recherche Scientifique se aproximó a la Torre Eiffel sin reparar en el pequeño vehículo alado y con tres hélices donde Ragueneau y compañía pedaleaban con la lengua fuera.

–Víctor no puede ponerse en este momento porque ha perdido... ha perdido... algo –dijo Byte poco convencida–. ¿Papá...? ¿Papá?

–¿Qué es esto? ¿Dónde estoy? ¡¿Quiénes son éstos?! ¡¡¡¿Qué está pasando aquí?!!!

–Cálmate, Víctor –sonrió Étienne–. Flammarion te ha borrado la memoria, nada más...

–¡No seas bruto! –lo interrumpió Byte, tirando el móvil–. Mira, Víctor –continuó con voz dulce–. Es una larga historia. Nosotros (los buenos) perseguimos a los de ese avión supersónico (o sea, los malos) porque tienen una máquina muy peligrosa que hay que destruir. Éstos son Étienne y...

–Ragueneau, Maurice Ragueneau, para servirte. Pero no dejes de pedalear, muchacho, o nos estrellamos.

La hélix triforme sobrevolaba las cuarteadas afueras del este de París, salpicadas de casitas. Con las hélices rotando con garbo y las alas bateando rítmicamente, empezaron a remontar el Sena a golpe de pedal.

–¿Qué es lo último que recuerdas? –preguntó Étienne.

–¿Lo último? No sé..., un partido de fútbol, pero...

–¿Fútbol? ¡Qué asco! –dijo Etienne.

–Sí, no fue un partido muy brillante...

La Torre Eiffel estaba cada vez más cerca. Los millares de vigas de acero brillaban al sol. Entre los cuidados setos del cercano Champ de Mars se paseaban varias parejas y por los parterres de césped jugueteaban montones de niños. La marcha de la hélix triforme se hacía más y más lenta.

–Este edificio –les explicó el profesor Ragueneau, respirando entrecortadamente por el esfuerzo– fue construido... para la Exposición Universal... de 1889... Mide más... de trescientos metros y... ¿Sabéis... cuántos... escalones...?

Nadie tenía aliento para seguir la conversación. Pedaleaban y fijaban los ojos en la torre. En el último piso, los consejeros de Trouton habían descorchado una botella de champán, brindaban y se palmeaban la espalda entre risas. Danton presentó la machine de la fraternité a Sevère Flammarion en una bandeja dorada. Habían añadido a la pequeña caja una imperceptible antena metálica que amplificaría su radio de acción a límites planetarios. El director de proyectos se contempló las uñas de la mano izquierda y, con primorosa elegancia, hizo girar la manivela.

–¡Es una fiesta! –exclamó Víctor al verlos.

–¡Aghhh! –se horrorizó Byte–. No miréis, pero... ¡una de las patas de la torre se ha arrancado de cuajo!

–¿Quééé?

Todos se asomaron a estribor y la hélix triforme se desestabilizó.

—¡Agarraos! –gritó el profesor, empuñando los mandos con fuerza.

El arcaico helicóptero hizo dos piruetas vertiginosas y se precipitó en caída libre. Con el viento azotándoles las caras, vieron que otra de las grandes patas de la Torre Eiffel se desarraigaba del suelo. Las dos restantes se comprimieron y adoptaron una postura amenazante, mientras que las vigas de los pisos superiores se liberaban de los remaches y empezaban a unirse a su antojo. En un instante, la torre se había convertido en un gigantesco escorpión de acero que agitaba su aguijón amenazadoramente.

—¡Hemos de aterrizar como sea! –gritó el profesor, luchando por hacerse con el control de la nave–. ¡Oh!

¡Clang! ¡Clang! ¡¡¡Puuum!!!

—¿Es... estáis todos bien?

Cuando Ragueneau logró estabilizar el helicóptero, una de las hélices percutió contra las gruesas vigas de la torre. La hélix triforme penetró en la panza del escorpión de acero, dio un par de tumbos contra el suelo metálico y se empotró contra la barandilla del primer nivel.

—Me he vuelto loco... –musitó Víctor, sacudiéndose de encima los restos del helicóptero.

—¡Oh! –exclamó el profesor, agarrándose a una viga para no perder el equilibrio–. Es una pura alucinación. Nada de esto es verdad.

Un láser rojo como la sangre agujereó la cola de su gabardina.

—¡Que-23 no excapen-07! –berreaba una pareja de Trolliers desde las escaleras.

–¿Una pura alucinación? –repitió Víctor incrédulo.

–¡Qué mareo! –exclamó Byte, sintiendo los movimientos bruscos del escorpión–. La cabeza me da vueltas...

–Sujétala –indicó el profesor a Víctor– antes de que se lance al vacío.

–¡Yo lo haré! –se adelantó Étienne.

En la cima de la torre, los nueve consejeros bebían champán inmunes a la alucinación por el nuevo antídoto Trouton fraternité II. Desde la terraza veían brillar el río Sena como un espejo serpenteante entre lejanos tejados y redondas chimeneas. Las multitudes se amontonaban delante de los puestos de venta del nuevo medicamento. Las cuentas de Trouton Recherche Scientifique crecían de modo incontrolado.

–¡Por nuestro querido presidente, el hombre más rico del planeta! –exclamó Rapport, levantando su larga copa de cristal.

–¡Por Trouton! –gritaron los consejeros a coro.

–¡Genial! –exultó monsieur Bagarre con los ojos fuera de sus órbitas, al brindar con monsieur Affiche.

–¡Espectacular! –dijo éste al meter su roja nariz en la copa–. ¿Qué demonios haces, Million?

–Diez, doce, trece... ¡Oh! –exclamó Million, frotándose las sudorosas manos con avaricia–. Repaso los ingresos de los últimos minutos...

–Y, usted, monsieur Fouché, ¿no quiere brindar con nosotros? –preguntó Flammarion con voz triunfal. Un parche negro con la T de la compañía bordada en hilo de oro le cubría el ojo izquierdo.

—No bebo champán —respondió la anciana fríamente antes de apoyarse en la barandilla de la terraza—. ¿No le parece que ya es suficiente, Sevère?

Flammarion bajó la mirada. En las escaleras, los Trolliers perseguían a Víctor y sus compañeros, que avanzaban a tropezones, agarrados a los hierros, hasta perderse en las entrañas del edificio. De vez en cuando, los láseres del brazo multiametrallador brillaban con resplandor carmín.

—¿Sentimientos maternales otra vez? —sonrió Flammarion.

Fouché se levantó las gafas de concha y fijó en él sus ojos grises y cansados.

—No son sentimientos, Sevère. Se trata de algo más profundo...

—Resultados, Fouché, ¡resultados! —sentenció Flammarion, descargando un puñetazo sobre la barandilla—. En este maldito negocio no cabe otro valor que los resultados. Si usted no es capaz de comprender esto, me veré obligado a pedir que la sustituyan por alguien que esté mejor capacitado. De hecho —prosiguió Flammarion, alisándose el pelo cuando hubo recuperado la calma—, no me extrañaría que su despido ya estuviera en camino...

Fouché abrió unos ojos como manzanas.

—¿Qué insinúa, Sevère?

¡Ding!

El ascensor se detuvo en la soleada cúspide. Flammarion dio la espalda a Fouché y la media sonrisa se evaporó de sus labios.

–¿Cómo...?

Dentro del ascensor se prepararon para el ataque. Ante el asombro de Víctor, el viejo profesor se puso en vanguardia con el bastón en alto. Étienne tomó a Byte por el brazo y la invitó a esconderse tras él.

–No fastidies, Étienne –le dijo ella. Luego abrió la trampilla del techo y se escurrió por el agujero.

–¡Byte...! –se alarmó Víctor.

Las puertas del ascensor se abrieron. Flammarion los esperaba al otro lado con una extraña pistola en la mano. Byte saltó de la parte superior de la cabina, hizo una pirueta en el aire y cayó sobre Flammarion. El consejero honorario recibió una patada en el mentón y acabó rodando por el suelo.

–¿Byte...?

–¡Esto, por mi hermano! –gritó ella.

Los consejeros corrieron a ayudar a Flammarion, pero Ragueneau empezó a repartir mamporros con su bastón y pronto redujo a los refuerzos.

Étienne aprovechó la confusión para correr a la terraza, donde la máquina emitía su melodía inaudible. Dos Trolliers inmóviles la custodiaban. En ese momento creyó que la cola del escorpión daba un nuevo volteo y se mareó. Alargó su brazo para agarrarse a algo y se encontró con una mesilla portátil. Sus dedos tocaron un frasco de cristal frío.

–«Trouton fraternité II. De receta anti-hipática» –leyó. Se tragó un par de pastillas y lanzó el frasco a Víctor, que se agarraba a la esquelética pata de Million.

–¡Ay! –gritó Víctor, que no había visto el frasco.

–¡Tómate una pastilla y pásaselas a Byte! –chilló Étienne, levantándose del suelo.

–¡Gracias! –gritó Byte al recibir el recipiente–. ¡Profesor, ahí va eso!

El director de proyectos se alzó y agarró a Byte.

–¡Que nadie se mueva! –ordenó, apoyando el cañón de la pistola en la sien de Byte.

–¡Víctor, quieto! –chilló ella.

Víctor miró a Étienne confuso.

–¿Es una alucinación o no...?

–¿Una alucinación esto? –rió Flammarion, mostrando su pistola translúcida, en cuyo interior chisporroteaban unos rayos azules.

Víctor se secó la nariz con el revés de la mano.

–Es un expéditeur multicellulaire –dijo Flammarion–. Si su descarga pasa a menos de cincuenta centímetros de su cuerpo, la agresividad de sus células aumenta un cien mil por cien. No se reconocen unas a otras y empiezan a pelearse furiosamente. Doloroso, ¿no le parece? Adiós, pequeño héroe de pacotilla.

–¡Sévère! –dijo una voz austera a espaldas de Víctor–. Los niños o la máquina.

Víctor miró de reojo. La anciana de moño gris, que había estado conversando con el director de proyectos y que se había mantenido al margen de la batalla, sostenía la pequeña cajita de madera en el aire, por encima de la barandilla.

–¡Qué mujer! –se asombró el profesor.

–¡Z-573 y Z-575! –ordenó Flammarion–, ¡reduzcan a la doctora Fou... ¡Ay!

Byte clavó sus dientes en el brazo de Flammarion, que la despidió de un empujón. La pistola voló por los aires. El profesor Ragueneau dio un salto y la capturó de modo magistral.

—¡Madame! —gritó Ragueneau a la doctora Fouché—. ¡Hágase a un lado!

El rayo de la pistola salió destellando con un ruido de campanillas y pasó por en medio de los dos Trolliers.

—¡JuáX73! ¡JuáX74! ¡JuáX75! —empezaron a reírse—. ¡Ux-56, Ux-57, huyxxx...!

Los dos monstruos mecánicos comenzaron entonces a chisporrotear y adquirieron un extraño color azulado. Experimentaron una cadena de contorsiones y espasmos hasta caer derrumbados al suelo. Una de las piernas se arrancó del tronco y salió disparada hacia la doctora Fouché, dando vueltas por el suelo.

—¡Socorro! —gritó ella, perdiendo el equilibrio. La máquina se escapó de sus manos.

Un hilillo de sangre se escapaba por la comisura de los labios de Flammarion, quien, al ver la máquina, se lanzó a por ella con todas sus fuerzas. Ragueneau se echó la pistola al bolsillo y corrió a socorrer a la doctora Fouché.

Los consejeros se levantaron del suelo y corrieron hacia la máquina, que se deslizaba por el suelo como un cubito de hielo.

Víctor echó a correr.

Lo veía: la cruceta donde se juntaban varias vigas de hierro. Puso su pie izquierdo en el suelo y se inclinó ligeramente. Contrajo todos los músculos de su pierna y la lanzó hacia delante mientras Flammarion cerraba su mano sobre la machine de la fraternité.

Los consejeros saltaron.

Flammarion se revolcó por el suelo.

La pequeña manivela se balanceaba en su puño.

Pero la caja no estaba.

La machine de Laffitte pasó limpiamente por la escuadra que formaban las vigas de hierro, sin rozarlas siquiera. Salió despedida hacia el cielo azul y claro de París, y voló como un proyectil. Voló, voló y voló hasta caer en los preciosos jardines del Champ de Mars y romperse allí en mil pedazos.

La reunión anual del Club Exclusive

Un taxi frenó ante la Torre Eiffel. En el asiento trasero, papá Robles se restregó los ojos con fuerza.

–¿Te duelen, Rodolfo? –le preguntó su mujer, cerrando la guía turística.

–Debe de ser el estrés de mi nuevo cargo –respondió él–. Me ha parecido que la torre..., que un escorpión...

–¿Sí...?

–¡Oh! Olvídalo.

Una legión de gendarmes armados hasta los dientes impedía el acceso a la torre. La ambulancias iban y venían, entre las incontables personas desmayadas que yacían por todas partes.

–París está un poco alterado últimamente... –musitó Ágata Robles.

Una patrulla de policía bajaba las escaleras de la torre a toda prisa. Llevaban a siete hombres detenidos y esposados. El último de ellos, especialmente escoltado, llevaba un parche sobre el ojo izquierdo y la cara manchada de sangre. No dejaba de levantar la cabeza y escrutar el azul cegador del cielo.

–Ro... Rodolfo... –tartamudeó mamá Robles mientras señalaba la cola de la comitiva.

Sus hijos bajaban tras los gendarmes, acompañados por el chico del hotel y por unos desconocidos de edad avanzada. Byte soltó la mano de Étienne y echó a correr hacia sus padres. Las lágrimas le saltaban de los ojos.

–¡Papááá! –sollozaba.

–¡Buf! –se extrañó el señor Robles, que no podía respirar por el abrazo–. Sí, Maite, yo también estoy emocionado por el nombramiento, pero...

A madame Fouché se le nubló la vista y se sonó la nariz discretamente.

–Víctor, ¿se puede saber qué ha pasado aquí? –preguntó mamá Robles un poco preocupada.

–No me acuerdo...

–¿Ésa es manera de responder a tu madre? –dijo papá Robles–. A ver si...

La policía encerraba a los siete detenidos en coches celulares, de dos en dos. El del parche les dirigió una mirada asesina y escupió a los pies de la anciana.

–¡Qué hombre más espantoso! –se sobresaltó mamá Robles.

El comandante introdujo al prisionero en un coche blindado. El profesor Ragueneau miró dulcemente a los ojos de la doctora Fouché.

–Me temo que, con todo este desbarajuste, no nos hemos presentado... Soy Ragueneau, Maurice Ragueneau, para servirla.

Madame Fouché se ruborizó levemente.

–Encantada... Me llamo Marie-Antoinette Fouché...

–¿Marie-Louisette? –preguntó mientras se alejaban cogidos del brazo hacia los jardines del Champ de Mars–. Un nombre armonioso...

–París... –suspiró mamá Robles, observándolos por la ventana del taxi–. ¿Existe una ciudad más romántica?

En ese momento, un inmenso aeroplano se situó sobre el coche patrulla en el que viajaba Sèvère Flammarion. Se abrió una trampilla en la panza de la nave y empezó a descender una cadena con un potente imán en el extremo. El imán se pegó al capó del vehículo y tiró de él con fuerza. La nave se elevó sin esfuerzo y el coche quedó suspendido en el aire.

–¡Alto! –aulló Víctor dentro del taxi.

Abrió una puerta y se apeó. La nave viró al este, aceleró y se perdió en el azul inmaculado del cielo. Antes de que el sol lo cegara, Víctor creyó distinguir una T violeta en el lateral de la aeronave.

–¡Mira! –le señaló Byte, en dirección hacia donde la nave se había perdido.

Una pequeña cartulina revoloteaba por el aire. Byte alargó el brazo y la cogió al vuelo.

–¡El as de diamantes!

El vestíbulo del Hôtel de Crillon estaba abarrotado de hombres de esmoquin con relojes de oro en las muñecas y mujeres con trajes largos y cuellos inclinados por el peso de las diademas de rubíes, los pendientes de diamantes y los collares de perlas.

Junto a la puerta del enmoquetado salón principal, un gran cartel anunciaba en preciosas letras doradas:

Reunión anual del Club Exclusive.
(Prohibida la entrada a todo individuo ajeno al club).
Conferencia de Lord Joshua Pooposh:
«Personas y gente»
Salón Prestige, 13:30 h

–¡Qué manera de hacer el ridículo! –comentó, al verles entrar, una dama que lucía más joyas de las que cabían en la caja fuerte del hotel.

–Muy desagradables, condesa Rizzoli –asintió una vieja apergaminada–. Muy desagradables.

En ese momento, lady Clearwater salía del ascensor achuchando a su perro clónico. Saludó a varios caballeros, que hicieron ademán de besar su mano, entró en el salón y se acomodó junto a las dos chismosas damas.

Monsieur Champagne salió del mostrador y corrió hacia los Robles con el rostro demudado.

–¡Por favor...! –balbució–. Por aquí, por aquí... No vayamos a importunar a estos importantes personajes.

Los condujo a través de los cuartos de limpieza hasta un montacargas de servicio.

–Perdonen las molestias –se despidió con una triste sonrisa.

–¡Pero bueno! –estalló la señora Robles cuando el montacargas llegó a la tercera planta–. ¡Ya estoy harta! ¡¿Acaso no somos seres humanos?!

–No te alteres, querida.

–¿Podemos dar una vuelta por el hotel? –preguntó Víctor, sonriendo angelicalmente.

Papá y mamá Robles intercambiaron una mirada de complicidad y asintieron.

–Media hora –dijo mamá Robles–. Después, subid a haceros la maleta. Iremos a misa a Notre Dame y cenaremos fuera. Mañana el avión sale muy temprano.

Byte y Víctor se dirigieron al bar. Sentado a la barra, Étienne contemplaba un inmenso vaso de agua que tenía enfrente.

–¡Me muero de sed! –comentó a Mohammed, que ese día atendía el bar. En el mostrador principal del hotel había un francés de la agencia TopModel con sonrisa de dentífrico.

Lord Joshua Pooposh pasó junto a Byte y Víctor como una exhalación, se apoyó en la barra y se bebió de un trago el vaso de agua. Luego se secó los labios con un pañuelo bordado y se marchó.

–¡Pero, qué se ha creído...!

–No os preocupéis –sonrió Étienne–. ¿Recuerdas la Fórmula CP, Víctor? ¡Oh, vaya!, claro que no la recuerdas... «Cada pastilla equivale a dos raciones y media de canapés –recitó al pasar el frasco a Víctor–, un cuarto de ternera rellena de ostras y langosta, parrillada de marisco, un jamón curado, paella valenciana y seis raciones de salchichas con tomate».

–«Dos pasteles, uno de mantequilla y otro de nata. Café, copa y puro» –completó Víctor, leyendo la etiqueta.

–Sólo me dio tiempo a echarle cuatro o cinco pastillas –se excusó Étienne.

–¿Tardarán mucho en hacer efecto?

Un camarero entró en el bar como un torbellino.

–¡Deprisa, Mohammed! ¡Dame un vaso de agua para lord Joshua Pooposh!

Mohammed preparó el vaso de agua y vertió en él el contenido de una pequeña botellita que se sacó del bolsillo. El camarero lo puso sobre una bandeja plateada y salió disparado.

–¿Qué era eso? –se interesó Víctor.

– Evacuol... –enrojeció Mohammed–. A veces me cuesta ir al baño, y esto ayuda.

–¿Y los efectos...? –inquirió Byte.

–Fulminantes –sentenció Mohammed.

Salieron corriendo del bar y asomaron la cabeza por la puerta del salón Prestige. Estaba completamente iluminado por lámparas de araña en el techo y apliques con forma de ninfa acuática en las paredes de madera.

–¡Invitación! –exigió un guardia de seguridad.

Étienne se sacó la arrugada cartulina del bolsillo y se la alargó, sonriendo de oreja a oreja. El guardia lo miró con suspicacia, pero se hizo a un lado y los dejó entrar.

Los silloncitos Luis XVI, forrados en terciopelo marrón, eran ocupados por los selectos miembros del Club Exclusive. En el estrado, lord Joshua Pooposh se disponía a dictar su conferencia, flanqueado por monsieur Loewe y madame Dupont. Cuando el distinguido conferenciante vio que le llevaban su vaso de agua, se levantó sonriendo con esfuerzo. Se le había hinchado la barriga como un globo. Tomó el vaso de agua y lo miró a contraluz.

–Venga –musitó Étienne desde el fondo de la salón–. Bébetela de golpe.

Lord Pooposh la sorbió de un trago y se sentó.

–Damas y caballeros, amigos todos…

El público aplaudió estruendosamente. Lady Clearwater, sentada en primera fila con sus enjoyadas amigas, palmeaba embobada las palabras de Pooposh. El aristócrata agradeció el aplauso con una mueca extraña. Un regusto de ternera y langosta le subió a la boca y un agudo retortijón le sacudió los intestinos de arriba abajo.

–Por suerte, estoy sentado. ¡Burf! –murmuró sin poder reprimir un ruidito que resultó casi imperceptible.

Monsieur Loewe y madame Dupont lo miraron extrañados. Pero Pooposh disimuló arreglándose la pajarita y alisándose la rubia cabellera.

–Amigos todos –retomó con una sonrisa–, el tema propuesto para esta conferencia es «Personas y gente». Todos sabemos que las diferencias son un bien para la humanidad. Somos conscientes de que, por un lado, estamos las «personas», que nacemos con clase, y luego está la «gente», que carece de clase desde el mismo momento de su nacimiento, si no antes. La clase no puede improvisarse. Es algo que nosotros llevamos en la sangre y ellos no, que nosotros hemos recibido por herencia y ellos no. No somos como esos vulgares…

Enmudeció de repente y aguantó la respiración. Un gas pugnaba por escapar del recóndito espacio de sus tripas. Apretó los dientes, aguantó la embestida y, al fin, sonrió con alivio.

–No somos como esos vulgares plebeyos que...

El segundo ataque lo pilló por sorpresa. Sonó como si pincharan la rueda de una bicicleta.

–¡Ejem! –tosió Pooposh, creyendo que nadie lo habría notado.

A su derecha, madame Dupont desplegó su abanico de seda china y empezó a hacer correr el aire. Lord Joshua Poposh se levantó del asiento y el botón de sus pantalones salió disparado hasta la tercera fila. Otro retortijón se revolvió en su interior como si le taladraran los intestinos. Lord Joshua Pooposh se agarró con fuerza al respaldo de la silla y abrió los ojos como lunas.

–Pobre hombre... –dijo Víctor.

Étienne y Byte lo miraron con sorpresa. Mientras, lord Pooposh se había repuesto, volvía a sonreír y se disponía a continuar con voz esforzada.

–Desde tiempos inmemoriales las personas con clase hemos evitado el contacto con la gente de baja estofa –otro retortijón: algo tremendo se avecinaba–, con aquéllos que suelen... –¡Prrr...!– ¡hablar...! –chilló aliviado para ahogar el engorroso ruido– ¡a gritos! –¡...rrret!

Una gota de sudor gélido le resbaló por la sien. Algo monstruoso pugnaba por escapar de su compacto abdomen.

–Porque, damas y caballeros... –dijo, poniéndose la mano en la prominente barriga–, ¡nosotros! –¡prrret!– no podemos mezclarnos con esa... ¡gentuza! –¡Pfff...!– que es capaz de salir de su casa en... ¡en chándal! –chilló, contrayendo todos los músculos de barriga para abajo.

El público escuchaba embelesado. Los Schaw se sorprendían al verlo actuar con tanta expresividad. Los duques de Marmalade estaban un tanto confusos, pero felices por el éxito de la conferencia que habían programado. El príncipe von Spiegelfrau se atusaba los rizados bigotes en señal de aprobación.

Pooposh sacó un pañuelo del bolsillo y se secó la frente, roja por el esfuerzo.

–Ahora voy a poner unos ejemplos de mala educación –dijo, confiando en aligerar su carga de ese modo–. No se extrañen si me ven hacer cosas un poco raras –apostilló con una mueca que pretendía ser una sonrisa–. Hablaremos de toses. Hay gente que tose así: ¡Ejem! –¡prret...!–. Otros, en cambio, hacen: ¡Ejerrejem! –¡prrret...!

Tras la última tos sintió que algo viscoso y cálido se le escurría por el revés de la pierna. Con gran disimulo y cuidado se alisó la pernera del pantalón del esmoquin. Los dedos se le pringaron y no tuvo más remedio que limpiarse la mano con el pañuelo bordado.

–El ambiente está un poco cargado, ¿no le parece, condesa Rizzoli? –murmulló lady Clearwater arrugando la nariz y bajando las comisuras de los labios.

–Para tener clase –reemprendió lord Joshua Pooposh, sacando un frasco de colonia de uno de sus bolsillos– no es suficiente con destapar un frasco de colonia y echárselo encima como hago yo ahora mismo.

El suave olor de lavanda inglesa no pudo con la pestilente atmósfera.

–¡Ah, no, no, no! Nosotros necesitamos..., nosotros somos... –miró a derecha e izquierda y, de un salto, se puso junto a los altos ventanales y abrió el primero– ¡aire puro!

¡¡¡Prrr... Prrr!!!

Lord Joshua Pooposh se arrastró hasta la mesa con las piernas ligeramente abiertas, dejando en el pavimento un rastro oscuro que el parqué no lograba disimular.

–Para finalizar, deseo hacerme eco del consejo que mi padre recibió de mi abuelo, y a su debido tiempo me comunicó a mí –articuló con el rostro pálido y demudado–. Sigue la estela de los caballeros que te han precedido.

El aplauso fue atronador. Los oyentes se pusieron en pie. Lord Pooposh los contemplaba con pavor. La mandíbula le temblaba ruidosamente y una lágrima se formó en su ojo derecho. Retrocedió lentamente y aplastó sus posaderas contra la pared trasera.

Étienne hizo un movimiento de cabeza y salió al recibidor del hotel, seguido de Byte y Víctor. Cerraron prudentemente las puertas del salón y se pusieron a mirar a través de los cristales.

Se oyó un cañonazo ensordecedor seguido de varios truenos. Lord Joshua Pooposh voló por los aires como un cohete y los elegantes miembros del Club Exclusive pudieron admirar su trayectoria a través del salón Prestige gracias a la oscura estela que dejó tras de sí.

A la mañana siguiente, Ágata Robles bajó al vestíbulo con una pintura del Sena bajo el brazo. Las puertas y ventanas estaban abiertas de par en par. Aun así, el aire estaba enrarecido.

—Mohammed —dijo, acercándose al mostrador—. ¿Y este olor?

—Deben de ser las alcantarillas, madame... —sonrió el conserje.

El señor Robles canturreaba mientras bajaba la escalera. Su cartera había adelgazado mortalmente tras pagar la cena de la víspera, las compras de su mujer y la cuenta del hotel. Monsieur Champagne le despedía con grandes reverencias.

Byte y Víctor llegaron al vestíbulo, cargados con su equipaje, justo cuando sonaba el ¡ding! del lujoso ascensor y lady Clearwater irrumpía en medio de ellos con el rostro tenso.

—¡Please! ¡Fuera de mi camino! ¡Qué gente! Menos mal que te tengo a ti, cielito —cuchicheó, besando a Mylove Segundo, que gruñía entre los secos brazos de la aristócrata.

Armoire abrió la puerta y lady Clearwater montó en el descapotable color natillas, que la esperaba en la plaza. Tres botones la seguían, sudando a causa del peso de sus maletas. El motor se puso en marcha y la vieja partió en dirección al Boulevard Saint Germain, bajo una fina capa de lluvia.

Étienne salió del bar con el pelo reluciente y muy bien peinado.

—Lástima que no hayan capturado a Trouton... —dijo, mostrando la portada de Le Monde.

—¿Te has puesto gomina? —preguntó Víctor mientras le quitaba el periódico.

Étienne lo ignoró y se volvió a Byte.

–¿Volveremos a vernos? –preguntó, tomando las manos de Byte entre las suyas.

–Te escribiré un e-mail en cuanto llegue a casa... –murmuró ella sonrojándose.

A Víctor se le cayó el periódico de las manos.

–¡Byte! –exclamó–. No me digas que te has enamo... ¿Os habéis enamo...? ¡Oh, cielos! ¡Será posible! ¡Pero si apenas os conocéis...!

Byte se separó de Étienne y se subió al taxi, donde su madre estaba contemplando la acuarela que le había regalado su marido. Papá Robles ayudó al conductor a colocar el equipaje en el maletero y se sentó en el asiento de copiloto. El taxi arrancó.

De rodillas sobre sus maletas, Byte se despidió de Étienne, que le saludaba desde las arcadas del Hôtel de Crillon. Ambos dejaron que las lágrimas resbalaran por sus mejillas. Las diminutas gotas de lluvia sumían la estampa en una bruma enamoradiza.

Víctor abrió el periódico y mostró a su hermana una fotografía de los edificios Trouton rodeados por las fuerzas especiales de la gendarmerie. «Espectacular asalto al mayor centro de ingeniería genética ilegal», decía el titular.

–¿Qué importa eso? –dijo ella con un sollozo agudo.

–Bueno, parece que aquí acaban nuestras vacaciones –comentó papá Robles cuando cruzaban la avenida de los Campos Elíseos.

–Habrá que pensar en el próximo viaje –aventuró Víctor–. Ahora que eres director comercial...

–¡Venecia! –exclamó mamá Robles como si hubiera recibido una inspiración–. La ciudad de la luna, de los canales, de la belleza...

–No sé, no sé... –rumió papá Robles–. ¿Qué tal se come en Venecia?

–Sea como sea... –mamá Robles pestañeó repetidas veces, acariciando la nuca a su marido–, siempre nos quedará París...

Víctor y Byte abrazaron a su madre. El taxi pasó frente a la Torre Eiffel y se perdió camino del aeropuerto, por las mojadas calles de París.

Índice

Lluís Prats Martínez

Nací en Terrassa (Barcelona) en 1966. Estudié Historia del Arte y he trabajado como profesor, escritor y directivo de una productora de televisión.

He escrito diversas guías de viaje y libros de cine, educación y arte.

Desde el año 2004 soy director de una conocida editorial de libros de arte en Barcelona.

Enric Roig Tió

Nací en Sant Pol de Mar (Barcelona) en 1980 y estudié en Girona, donde gané diversos premios en los Juegos Florales de la ciudad.

Estudié Periodismo y Humanidades, y trabajé en una productora de dibujos animados y organizadora de actividades juveniles extraescolares.

En 2004 me fui a Jerusalén, y allí trabajo en la actualidad como corresponsal de una agencia de noticias.

Bambú Grandes lectores